D E A R + N O V E L

恋はドーナツの穴のように

砂原糖子
Touko SUNAHARA

新書館ディアプラス文庫

S H I N S H O K A N

恋はドーナツの穴のように

目次

イラストレーション／宝井理人

恋はドーナツの穴のように

その日、倉林由和《くらばやしよしかず》は疲れていた。

ひどく疲れきっていた。

仕事は全国どこにでもある大手ドーナツチェーン、リングリングドーナツの店長。責任職と言ったって、命を預かるわけでも日本経済を動かすわけでもない。チェーン店内ですら存在感の薄い、地方の田舎町の雇《やと》われ店長だ。

しかし、ドーナツ屋だろうと忙しいものは忙しい。出勤は仕込みの始まる朝六時。バイトが立て続けに辞めて人手も足りていないものだから業務はパンク寸前、連日残業上等。加えて、今日はバイトの面接が僅《わず》かな隙間を縫《ぬ》うように入っているときた。

もう何人目だか思い出したくもない。疲労困ぱいの原因の面々だ。派手なネイルに金髪巻き髪がご自慢のギャルだの、『土日は旦那《だんな》が休みだから入れません。平日は子供の迎えがあるから早く帰ります』などと注文だらけの主婦だの、将来の夢はバンドマン、『売れたら昔この店でバイトしてたつって繁盛《はんじょう》させてあげますね』なんて戯言《ざれごと》ぬかすガキだの。

――寝言は寝て言え。

こっちは将来じゃなく明日から働けるバイトが欲しいんだっての。

そして今、倉林が店の隅のコーナー席でテーブル越しに向き合っているのは制服姿の男子高校生だった。

「明日からでもすぐに入れますか？」

「はぁ」

「土日は大丈夫ですか？」

「まぁ」

「夏休みは早朝や昼も曜日関係なく頼むことがあると思うんだけど、平気かな？」

「はぁ」

『はぁ』とか『まぁ』じゃなく、『はい』と明朗快活《めいろうかいかつ》に答えられないのか。

夕方、七月の空も赤く染まり始めた時刻。本日最後となる面接相手を前に、倉林の溜め息は休む暇もない。

上原凜生《うえはらりお》。

履歴書の名前欄には、ガタイに似合わぬちまちまとした字でそう書いてある。

りお。男のくせして妙に可愛らしい、今時のけったいな名前だ。一般的でない漢字使いといい、最近の若い子は薔薇《ばら》とか檸檬《れもん》なんて字もさらっと書けちゃうんだろうよ、などと嫌みったらしく思う。

そんな倉林は二十九歳である。顔立ちはまぁ整っているほうだが、取り立てて目立つわけでもない、普通の三十路《みそじ》目前の男だ。

世間ではアラサーなんて単語で呼ばれていたりする世代で、一回りも年下の高校生に多くを求めるつもりはない。ただ笑顔で注文を受け、ドーナツを四個以下なら袋、それ以上なら箱に詰めて客に渡すアルバイトが欲しいだけだ。

何故《なぜ》、それだけの望みが朝から何人も面接をして叶わないのか。

「上原くん、変わった名前ですね」

「はぁ」

——くそっ。

見てくれは悪くないのにな、と思った。

まず背が高い。百七十センチの自分よりプラス十センチはある。頭身のバランスがいいから余計《よけい》に高く見えるのかもしれない。すらっとした体つきに、身長のわりに小さな頭。やや明るい栗色の髪はツヤツヤとしており、前髪の間から覗《のぞ》く目には華がある。

結構な美形なのだが、にこりともしないので、その印象は『明朗』からは程遠い。むすりと閉じられた薄い唇。二つの目は、ただ真っ直《ます》ぐに自分を見ている。

無感情な眼差しだ。それでも、じっと見返されると居心地が悪くなり、倉林は手元の履歴書に視線を移した。

やる気を疑う履歴書は、接客のバイトだというのに長所の欄に『無口』、趣味は『鉛筆削《けず》り』。

「君、この趣味の『鉛筆削り』ってどういうことかな?」

「どうって……鉛筆を削るんです。それだけです」

なんの捻《ひね》りもない回答をどうも。

「はは、君の身長ならスポーツとか向いてそうなのに、部活はやってないの?」

「はぁ」

「できれば、『はい』か『いいえ』で答えてくれると嬉しいな」

「はぁ……あ、『はい』」

言い直した。

だが、それだけだった。『無口』が取《と》り柄《え》の高校生は、倉林の望む爽《さわ》やかさなど欠片《かけら》も持ち合わせておらず、『鉛筆削り』に至っては、ご披露《ひろう》いただくまでもない。

倉林は愛想《あいそ》笑いの手本とばかりに、にっこりと笑むとガタリと椅子を鳴らして立ち上がった。

「では、面接の結果については追って連絡します」

「はぁ……あ、『はい』」

引き延ばすまでもなく不採用だ。

却下却下。出口へ向けて促《うなが》す。ちらとカウンター越しの厨房《ちゅうぼう》に目を向けると、休む間もなくドーナツを揚《あ》げるフライヤーの前でパニック気味に働いている社員の若い男と目が合った。

『店長ぉっ、ヘルプ!』とその目は訴《うった》えている。

明らかに人が足りてない。全然足りてない。ショーケースのドーナツは空《あ》きが目立つ。クレーマー気質の客など来ようものなら、『品数が足りない』だとか文句を言われ、下手《へた》すれば苦情は本社経由で小言となって回ってくる。

——知るか。

これ以上俺を頼るな、縋《すが》ってくれるなと思うも、倉林は腐《くさ》っても店長だ。

店長とは名ばかりの、体《てい》のいい雑用係。三年前、親が病《やまい》に倒れ、勤めていた東京の会社を辞めた。田舎に戻り、再就職先に困っていた倉林は、未経験可だったドーナツ屋の求人に応募した。

採用されたのも今なら納得できる。体力勝負な上、我儘《わがまま》なバイトを纏《まと》めるのに一苦労。上が次々と辞めるものだから、押し上げられて三年で店長に収まってしまった。

なりたくてなったわけじゃない。

こんな日には、そんな情けなくも言い訳がましい言葉が頭に思い浮かぶ。

ああ、もうなにもかも面倒だ。

「うあっ」

余所見《よそみ》をしていた倉林は、足を止めた前方の男にぶつかりそうになり、驚きの声を上げた。

さっさと帰すはずの高校生は、何故だかショーケースの中を食い入るように見つめている。

さっきまでの無関心そうな目ではなく、瞬《まばた》きすら忘れた真剣な眼差しだ。

「なに、ドーナツ好きなの？」

「はぁ、まぁ……」

かけた声に、鈍《にぶ》い反応だけでなく初めて積極的な言葉も続いた。

「ドーナツは美味《うま》いっすから」

魔が差したとしか言いようがない。

「ふうん、じゃあうちで働く?」

倉林はなおざりな調子で言った。

そう。疲れていたのだ、とても。


高校の校舎の窓越しに見る空は青かった。

じりじりと眩《まぶ》しい太陽の輝く夏空。いつの間にか聳《そび》え始めた入道雲《にゅうどうぐも》の向こうの空は青く青く、吸い込まれそうな海原《うなばら》のように深く映《うつ》る。

けれど現実感は乏《とぼ》しく、熱を感じない絵画のようだ。

それもそのはず、肌が汗ばむこともない教室内はクーラーが効いている。

目に映る熱気と、肌で覚える冷気。昼休みの騒がしい教室の中で、窓際の席の凜生はいつものむすりと唇を引き結んだ顔で表をぼんやり見ていた。

「おっす、凜生」

声をかけられて振り返る。

「……はっくん」

「はっくんって呼ぶな」

近づいてきたのはクラスメイトで幼馴染《おさなな》み《じ》の、八木沢珀虎《やぎさわはくと》だ。

名に似合わず身長も顔つきも小柄で愛嬌《あいきょう》のある幼馴染みは、その小学生から不変のイメージが受け入れ難《がた》いらしく、あだ名に露骨《ろこつ》に嫌な顔をする。

「なんだ、暗い顔してんなぁ。腹痛か？　頭痛か？　人生のつまらなさにうっかり気がつきでもしたか？」

「珀虎、おまえのせいだ」

特に拘《こだわ》りがあるわけでもないので、幼馴染みの意に沿い名前を呼んだ。呼ばれた男はただでさえ丸っこい目を、さらに丸くした。やっぱり虎ではなく小動物だ。

「へ、俺の？」

「おまえの書いた履歴書でバイトに受かった」

低く淡々とした凜生の声に、八木沢はすぐに『ええっ!?』と反応する。

「マジで？　あの内容で受かるって、どういう店だよ。国道沿いの『リンリン』だよな？」

「ああ」

まさか受かるとは思っていなかった。

履歴書を書いたのは八木沢だ。『バイトの面接に気が乗らない』と零《こぼ》したら、『おう任せろ、一発で落ちる履歴書書いてやる！』なんて言って手を貸してきた。

発端《ほったん》は数ヵ月前に遡《さかのぼ》る。

『バイトでもしようかな』

ある日、家でぽろっと漏《も》らした自分の一言がきっかけだ。

実際にバイトをしたかったというよりも、過干渉《かかんしょう》気味の母親から逃《のが》れたかったに過ぎない。

父は単身赴任、兄は上京して就職。二年程前から家族は母一人子一人で、やたら母親は自分に構いたがる。バイトについては、反対するのかと思いきや、まるで息子の機嫌でも取るかのように働き先の候補を見つけ出してきた。

『自分の選んだ店』であることが母には重要なのかもしれない。ヘタに勧《すす》めに乗って働こうものなら、勤め始めてからもあれこれ首を突っ込まれかねない。できれば避けたいと凜生は思った。まぁ落ちたとなれば、バイト先を探す意欲も失せるだろう……なんて、浅はかな考えで八木沢の策《さく》に乗った。

べつに母が嫌いなわけではない。

ただ、昔から『あの人』にはどう接していいか判らないだけだ。

「うーん、おっかしいな、なんで受かったんだろう。履歴書がアレじゃなくったって、普通おまえは受からないよ？」

「知らねぇよ、そんなん俺に言われても」

凜生は愛想がないとよく言われる。

特に無口にしているつもりはない。ただ、伝える必要があると思ったこと以外はあまり語らないだけだ。意味もなくヘラヘラ笑ったりはしないだけ。子供のときから口数は少なく、相手の望みどおりのときは『大人しい』と褒《ほ》められ、期待に反したときには『可愛げがない』と貶《けな》された。

「なぁ、よっぽどブラックな店じゃないのか？　面接したのって店長？　どんな奴だった？」

「どんなって……」

凜生は空を見つめた。

記憶なんて普通はぼんやり。思い出すと言っても色や形は曖昧《あいまい》で、はっきりと脳裏《のうり》に描けるものではない。

けれど、凜生は少し変わっている。しまい込んだ記憶を、どこまでも写真のように鮮明に映し出すことができる。

「店長は……なんか細くて白くてぼんやりしてて……」

「心霊写真かよ」

「ああ、ぴんく」

「え？」

ピンク色の輪っかが見える。色づけされたチョコレートだ。真っ白なアイシング、溢《あふ》れそうな黄色いカスタード。きつね色にふっくらと揚がった色とりどりのリング、リング、リング。

手前にはプレートが掲《かか》げられている。

凜生は脳裏に浮かんだ画の文字を、左端から順に読み上げた。

「ストロベリーリング、チョコレートリング、シナモンクルーラー、ハニーハニー、ニューファッション、デビルショコラ……」

「ちょ……凜生っ、凜生ちょっと待て、ドーナツのことを訊《き》いてるんじゃない！」

「あ……悪い、昨日腹減ってたからさ」

鮮明に覚えていたのは、帰り際に見たカウンターのショーケースだ。

「店長のことは？」

「……覚えてねぇ」

「おまえ、その超能力ばりの特技、本っ当に宝の持《も》ち腐《ぐさ》れだよなぁ」

「あ、もしかして……特技の欄にはこれを書けばよかったのか？」

「バカ、過去にそれで恥かいたの忘れたのか？　なんでも覚えられるわけじゃないだろうが」

むらっ気《け》のある『特技』だ。幼稚園で特撮《とくさつ》ヒーローの歴代キャラを怪人も含めて何百と言えたときには、神童《しんどう》だの『将来が楽しみ』だのと持《も》て囃《はや》された凜生だが、早くも小学生にして化《ば》けの皮は剝《は》がれた。

その技を披露すべく、他薦《たせん》で出演したテレビ番組で、スタジオを沸《わ》かせるどころか、用意された題材ではまるで力を発揮《はっき》できず赤っ恥をかいた。

「つか、恥かかせたのはおまえだろ」

応募したのは小学校の同級生、はっくんだ。

「あー、そうだっけ？　ていうか、バイトは受かるつもりなかったんだから、特技なんて『無口』で充分だろ。それでも受かっちゃってるし。まぁ、なんだかんだ言って、履歴書に嘘は書いてないんだよね、俺。つまり、おまえでも『リンリン』のバイトは務まるってことだ。凜生、合格おめでとう！」

ランドセル背負っていた頃も無責任なら、今も無責任だ。

反論しようにも、よく喋《しゃべ》る幼馴染みに凜生は口ではいつも勝てない。何度か口を開けたり閉めたりしたのち、『おう』と不承不承《ふしょうぶしょう》の短い返事をした。

受かってしまったものは仕方がない。

それなりに潔《いさぎよ》い性格だ。

「凜生、それよりさ……昼、どうしたんだ？　一緒にメシ食おうと思ってたのに、おまえなんか呼ばれてどっか行ってたろ？」

「え？」

「隣のクラスの女子」

「ああ……」

「なんだぁ、また告白でもされたかぁ？」

嘘をつく必要もないので凜生は頷く。

八木沢はちょっと驚いたような、それでいて知っていたかのような、なんだか鈍い妙な反応を寄こした。

「へぇ……まじで。それで？　付き合うの？」

「うん、まぁ」

凜生は今フリーだ。断る理由もない。初めて話す女子だったが、顔はなんとなく知っている可愛い子だった。

性格は知らない。

「そっか……相変わらず来る者は拒《こば》まずだな、おまえは。今度はどんくらい持つかな。いいかげん、もっとちゃんと……」

「珀虎は？」

「え……」

「おまえも前に好きな子いるって言ってただろ？」

春頃だったか、幼馴染みに好きな子がいると知った。自分の知らない相手らしい。一年のときに文化委員で一緒になった、他クラスの女子だとだけ聞いていた。

「ああ、アレな……どうも振られたよ」

あっさり返ってきた答えに、凜生は絶句する。

告白したのも知らなかった。

「そういうわけで、俺は夏休みは勉学にでも励《はげ》むわ。おまえには大学で差をつけて、就職先で振り切って、結婚と出世で勝利しないとなんねぇしな。だから、せいぜいおまえはバイトと女にうつつを抜かしてろよ」

毒のある冗談なのか、本気なのか判《わか》らないことを『はっくん』は言い、凛生は結局上手《うま》く笑えないままだった。


リングリングドーナツ。

通称、『リンリン』の星住《ほしずみ》店は、地方都市の外れにある。東京から車で三時間。『空気が美味《おい》しい』『星が綺麗』がせめてもの自慢の、周囲を山で囲まれた高原《こうげん》の田舎町だ。

立地、売上、規模。店はどの点から見ても目立った特長はない。上層部に存在さえ忘れられていそうな店舗だけれど、国道に面していることもあり、まぁ平均点はクリアできる集客で忙しい。

本日土曜の午後も、家族連れやら学生やらで賑《にぎ》わっている。

「ありが……した！」

キッチンから運んできたドーナツのトレーをショーケースに補充していた倉林は、聞こえてきた声にぴくりと眉《まゆ》を上げた。

レジ前に立つ新入りを一睨《ひとにら》み。客が去ったのを確認してから声をかける。

「上原くん、『ありがとうございました』だろ」

「言いましたけど」

「言えてない。途中が消えてる。略さない、声量維持《いじ》、テンション高く笑顔でハキハキと！『無口』だかなんだか知らないけど、仕事なんだからさ、マニュアルどおりにきっちり応対してくれないかな」

刺々《とげとげ》しい声を発する倉林は、なにも最初からこうだったわけではない。

新入りが入店して一週間。あまりに変化がないものだから棘《とげ》が増えた。

「はぁ……あ、『はい』」

睨めば返事も直す。反抗期の子供みたいに逆切れてくるわけでもなく、一応は頷くだけに質《たち》が悪い。

どうして笑顔になるだけのことが、この今時の珍妙な名を持つ高校生はできないのか。

壊滅《かいめつ》的に愛想がない上、無駄に背が高いせいで威圧感《いあつかん》もある。表情筋《きん》の死んだ顔でじっと見《み》据《す》えられたんじゃ、子供が泣き出しそうな有様《ありさま》だ。

一言で言うと、倉林は後悔していた。

人手不足に堪《た》えかねていたとはいえ、雇ったのは間違いだったかもしれない。

疲れていたのだ。

そして今も、なにを考えているんだか判らない高校生のせいで疲れている。

得体《えたい》の知れなさはジェネレーションギャップか。まさか、いきなりぶすっと刺されるんじゃないだろうな。

倉林は溜め息混じりに制服姿の男を見上げる。ディープグリーンのパンツに、オフホワイトとグリーンのストライプシャツ。帽子も同じくグリーンで、店長の自分以下、社員だけが揃《そろ》いのブラウンのタイをつけている。

「ありが……とうございました！」

また一人、レジをすませて客を送り出す姿を監督よろしく見守る倉林は、ヤジのごときダメ出しを背後から飛ばした。

「笑顔が足りてない。笑う。もっと笑う！　口角《こうかく》上げて、目尻下げる！」

まるで赤上げて、白下げないの旗《はた》上《あ》げゲームのごとく命じていると、カウンターのほうを向いていた男がくるっと振り返った。

高みから無表情に見下ろされ、倉林はびくりとなる。

「な、なんだ？　なにか不満でも？」

「いや……店長、目尻下げるってどうやったらいいんすか？」

確かに。それは、自在に動かせる筋肉ではない。

「き、気持ちの問題だ。笑顔になろうって気持ちが目つきにも出る。君はそれじゃなくても……」

ふわっと甘い香りがカウンターを過《よ》ぎった。

人工的な花の香り。

「ちょっ…ちょっと田丸《たまる》さん、その髪どうしたの？　なんでちゃんと結んでないの？」

傍《そば》を過ぎったのは、新入り高校生よりもひと月ほど前に入った女子大生バイトだ。シャンプーだか香水だかの匂う長い髪を平然と靡《なび》かせてカウンター内をうろついている。

「あ、すみません、ヘアゴム切れちゃって」

「切れちゃってじゃないだろう。困るよ、そんな格好《かっこう》でお客さんの前に立たれたら」

「でも、ゴムないんだからしょうがないじゃないですかぁ」

「……ちょっと待って」

自分でどうにかする気もないらしい。むしろ自慢げにロングヘアを靡かせる女子大生に呆《あき》れつつ、倉林はカウンターの引き出しからそれを取り出す。

「ええっ、これで結ぶんですか!?　普通の輪ゴムですよっ!?」

「君、ここが飲食店だって判ってる？」

「だって……む、結びます。結べばいいんでしょぉっ！」

涙目で言われようと知らん顔で頷けば、彼女は渋々髪を纏め始めた。

ふう。手がかかるったらない。

とんだ憎まれ役だ。女子大生に髪を結ばせたところで、自分にはなんの喜びもない。ただ店のために、笑顔で注文を受け、ドーナツを四個以下なら袋、それ以上なら箱に詰めて客に渡すまともなバイトが本当に欲しいだけなのに――

「裏にいる。忙しくなったら呼んでくれ」

倉林はそう言ってカウンターを出た。

店内の仕事を管理したり手伝うだけでなく、事務的な作業も倉林にはある。もう時刻は四時過ぎだけれど、早朝出勤で昼食も取っておらず、一日でもっとも落ち着いたこの時間帯を逃すと後がきつい。

狭い事務所の机に落ち着くと、自然と溜め息が零れた。朝飯と一緒に買っておいたオニギリを、温《ぬる》く室温に馴染んだペットボトルの茶で胃に流し込む倉林は、無意識のうちに手を制服の胸ポケットにやる。

取り出したのは携帯電話。手持ち無沙汰《ぶさた》で弄《いじ》ってしまうわけでも、どこかに仕事の愚痴《ぐち》を送ろうというのでもない。

溜め息が増えるほどに、倉林のその欲求はいつも増す。倉林は携帯電話のアドレス帳を開き、ある男の名前を見た。

目にした途端、どこからともなくメロディが聞こえてくる。耳ではなく、脳裏で聴く音だ。

まだ東京に住んでいた頃、彼と二人で通っていた店でかかっていたジャズの調べ。

それは匂いが記憶を喚起《かんき》するように、名を見ると条件反射で頭に鳴り響く。

これはただの感傷《かんしょう》なのか。それとも彼に会いたいと望んでいるのか。自分でも判らない。判るのは、この行為が現実逃避であるということだけだ。

倉林はいつの間にか食事も忘れ、ただ机に片肘《かたひじ》をついて、携帯電話を食い入るように見据えていた。

「あの」

不意にかけられた声に、飛び上がらんばかりに驚く。

戸口のほうをばっと振り返った。

「上原くん……な、なに?」

動揺する倉林とは対照的に、まるで凪《な》いだ無表情の男は言った。

「店長、店混んできてますよ」


三年前まで倉林は営業職だった。

大学を卒業して就職した専門商社の営業マン。成績はまずまずで、それなりに愛着《あいちゃく》を持って仕事はやっていたし、親が倒れなければ退職はしなかっただろう。

そして、病を患《わずら》った親が亡くなってしまった今、この地に留《とど》まらなくてはならない理由はない。母親も子供の頃に他界《たかい》しており、転職先を求めて再び上京することは可能だ。それをしないのは、実際のところ親の病気は本当の戻った理由とは言い切れないからかもしれない。

「……くそ、暑い」

炎天下《えんてんか》のアスファルトを制服姿で歩く倉林は、苦しげに呻《うめ》く。

客先に出向いた帰りだった。

田舎の店はいろいろとマニュアルどおりにいかない。周辺の住民に気を使うことも多く、ご近所付き合いの一環として配達も場合によっては受けていた。

七月も後半に差しかかり、夏真っ盛り。家々の屋根や田んぼの緑が眩《まぶ》しい。太陽は言わずもがなだ。殺意を持っているとしか思えない日差しを、焼かれるがままの倉林に注《そそ》いでくる。やっとの思いで店に着いた。額《ひたい》の汗を拭《ぬぐ》いながら裏口に向かうと、戸口近くの窓越しに女の子の高い声が響いてきた。

「横暴《おうぼう》っていうか、バイトに八つ当たりなんじゃない？　店長みっともなーい」

足が止まる。あまり聞きたくもない話であるのは一瞬にして判った。

「そりゃあ、いい年のオヤジがドーナツ屋の店長だもん、ストレスも溜まるよ」

「ここってバイトするにはいいけど、社員はないよね。夢も希望もなさそ〜。てか、オヤジって高卒？　うちら大学生にコンプレックスでもあるんじゃないの？」

「えー、けど上原くんは高校生なのにいびられてるよ？」

窓の向こうはロッカー室だ。率先《そっせん》して悪口を並べているのは、ヘアゴムの一件で注意した田丸だった。シフト交代の時間で、ちょうどやって来たところらしい。

——嫌われてんなぁ。

自虐的《じぎゃくてき》に受け止める倉林は、埃《ほこり》っぽい建物の壁に凭《もた》れた。

「ねえ、上原くんも店長ムカつくでしょ？」

一緒に着替えているのかと、開放された戸口から焦《あせ》って通路を覗けば、順番待ちをしているらしい男はロッカー室のドア前に突っ立っている。

小言なら集中砲火《ほうか》の『凛生』くんだ。さぞかし罵詈雑言《ばりぞうごん》で陰口に乗るのかと思いきや、返したのはたったの一言。

「べつに」

拍子抜《ひょうしぬ》けした。

むしろ、『おまえ、少しは空気読めよ』と倉林のほうがうろたえた。案《あん》の定《じょう》、ばっさり話を叩き切られた女子バイト二人の沈黙に、微妙な空気が漂《ただよ》ってくる。

しかし、美形は七難《しちなん》くらいあっさり隠すらしい。すぐに気を取り直したように「上原くんってば忍耐づよーい」とハイトーンでフォローする声が聞こえた。

三人が消えるのを待って中に入る。

二十代のうちからクソオヤジ扱《あつか》いされていようとはだ。

「……まぁ、いいか」

諦め慣れした言葉は、最早《もはや》口癖になりかけている。

まぁ、いい。女の子に興味もないから、どう思われていようと構わない。実際、最近は鏡を見ても冴《さ》えない顔だ。これでも昔はスーツだって爽やかに着こなせていたのに、今や疲れた表情の男が映るばかり。

倉林は溜め息をつきかけ、引っ込める。

『べつに』

十七歳にしては落ち着いた声。自分を否定しなかった、三文字足らずの言葉を思い出すとなんだか安らいだ。

ただ面倒くさくて漏らしたに決まっているのに。

——相当疲れてるんだな。

倉林は首を軽く振った。

凜生は相変わらずだ。接客を任せるのがそもそもの間違いなのかもしれない。

店には大きく分けて三つの仕事がある。カウンターでの接客に、ドーナツを作る製造、そしてその仕上げ作業。今まで高校生バイトはキッチンに回すことがなかったからそうしていたけれど――

「店長ぉっ！」

店を覗けば、キッチンで早くも問題が起きていた。

「はぁっ⁉　『森くま』を三十個⁉」

「はい。今すぐ欲しいそうなんですけど、作り置き十個しかないんです」

『森くま』こと、『森のくまさんとウサギのメヌエット』は、ドーナツらしからぬネーミングのとおり、洋菓子チェーン店とのコラボ商品だ。

原価《げんか》が高い。手間がかかる。いいとこなしだが客には人気のある、厄介《やっかい》ものだった。

「ないって言っても、作るしかないだろう」

「でっ、でもすぐには無理ですよ」

「そうやってぐずぐず言ってる間に一個や二個は作れる。時間がかかるのは僕がお客さんに説明しておくから」

まったくの役立たずで突っ立っているバイトたちは、他人事《ひとごと》のような目で高みの見物だ。

「はぁっ、『森くま』はお一人様三個までとでも書いとくか」

思わず愚痴を零せば、返ってくるのは神経を逆撫《さかな》でるだけの女子大生バイトの声。

「え、今ですかぁ？　後でですかぁ？」

「……作るのが先に決まってるだろ。ていうか冗談だ、真に受けないでくれ」

客はテーブルに案内して待ってもらうことにし、倉林はカウンター内に突っ立つ長身の男の背を引《ひ》っ摑《つか》んだ。

「来い」

エプロンの紐《ひも》をぐいぐい引っ張られても、無口がデフォルトの高校生は『はい』とも『嫌だ』とも言わない。

「手伝ってくれ。トッピングを乗せるくらいはできるだろう？　手本は田中《たなか》さんが作って見せてくれるから」

手間のかかる仕上げの一部だけでも、凜生に手伝わせようと思った。

不器用でもシュガーを振りかけるくらいはできるだろう。

そう思ってキッチンに立たせたのだけれど――

手洗いなどの準備をすませた凜生は、ただじっと見本の『森くま』を見下ろしていた。

ドーナツを模《も》したリング状のケーキ。内にフレッシュな生クリーム、表にはコーティングチョコレート。輪の上をメレンゲドールのくまとウサギが踊り、弾《はず》む二匹の足跡はトッピングシュガーのデイジー、サインチョコの音符たち。ト音記号、四分音符《しぶおんぷ》、八分音符《はちぶ》、楽しくメルヘンに、歌うように、以下略。

めんどくさいにもほどがある。作るほうは少しも楽しくない自称『ドーナツ』のケーキを、まじまじと凜生は見つめたかと思うと、おもむろに動き出した。

生クリームの絞《しぼ》り袋を取り、高く掲げる。

——は？

そこからは、なにが起こっているのか理解に苦しんだ。

「……ウソ」

隣で仕上げ担当の男、田中がぽつりと零した。

瞬《また》く間に凜生は『森くま』を作り上げていく。早い。早いだけでなく、正確だ。判でポンポンと押したかのように、ポコポコと作業台に『森くま』が並んでいく。

信じられない。

正直、圧倒《あっとう》された。

「店長、土台がなくなりました」

「あ……ああ、今向こうで用意して……いや待て、それ一つも秤《はかり》にかけてないだろう？　三個に一個は秤にかけろ。クリームの量を確認するんだ」

「同じですよ」

「量《はか》ってみないと判らないだろ」

「え、だって、同じものを作るんすよね？」

だから同じって……その自信はどこから来るのか。時間の無駄だとばかりに返され、倉林はムキになったかのように命じた。

「同じでも量るんだ。同じと確認するために量れ、マニュアルでそう決まってる」

雲が流れていた。

左から右へと。南から北へと。

窓の向こうで音もなく流れる雲は、そのまま時間の経過を表わしているようだ。

時間の流れはけして一定ではない。人と場合によって感じる時間の長さは違う。

国語のお喋《しゃべ》りの教師は、なんの話の中でだったか『年を取ると一年があっという間、一学期なんてもう一瞬で終わる感じがしてきた』と話していた。一学期なんて気が遠くなるほど長く感じる凜生には縁遠い感覚だが、夏休みだけは早く過ぎ去るのと似たようなものなのか。

どうして大人たちは時間が過ぎるのが早いのか、今もって凜生には判らない。

「三分五十八秒。上原くん、ホント天才！　ていうか、神！　神降臨《こうりん》!!」

ドーナツ屋のキッチンで、嵌《は》め込《こ》みの窓の向こうの空をふと見た凜生は、上がった歓声にはっとなった。

早朝七時。テンション高く騒ぐ時間ではないが、凜生の周りには見物人と化した早番のバイトや社員が集まっている。

「ドーナツの申し子だ！　君はドーナツを仕上げるために生まれてきたんだよ！」

それは喜ぶべきところなのか。

困惑する凜生の前には、仕上げたリングドーナツが数十個並んでいる。夏休み、凜生は仕上げ担当として早番勤務に度々《たびたび》入ることとなっていた。

ドーナツ屋の朝は早い。開店前に何十種のドーナツを何百個と作らねばならず、凜生の神業《かみわざ》がかったデコレーション能力は重宝《ちょうほう》された。主に記憶力と集中力、少しのデザイン能力の為《な》せる業《わざ》だ。

戸口からこちらを見ている店長の倉林に気がつき、珍しく凜生は自分から口を開く。

「三個に一個、ちゃんと量りました」

「いいよ、もう。君は量らずに作っていい」

するっとその姿が事務所のほうへ消える瞬間、ちょっと苦笑交じりに笑まれ、認められたのだと理解する。

気乗りしないままバイトに就《つ》いた凜生だが、仕事はそれなりに楽しく思えていた。

特にドーナツを作るのは嫌いじゃない。むしろ好きだ。周りの反応は大げさだと思うも、悪い気はしない。日頃小言ばかりの店長に褒められたとなれば尚更《なおさら》だった。

店長は口うるさい存在だとは思うけれど、凜生はべつに嫌いではなかった。言ってることは、まぁ正しいと思う。客に笑顔でいるのも、髪を結ばせるのも。

——店長は『オヤジ』なんだろうか。

女子バイトはそう呼んでいる。

凜生のイメージするオヤジ像は、鼠色《ねずみ》のスーツを着たサラリーマンで、ベルトが撓《たわ》むほど腹の突き出た中年オヤジだ。店長はだいぶ違う気がする。

ずっとキッチンに籠《こも》っていた凜生が、事務所のほうへ向かったのは十一時頃だ。少し早いけれど、混まないうちに昼休憩を取るように勧められた。

灰色机の並ぶ事務所に入ろうとして、足が止まる。

倉林がいた。

机に凭れるようにして立っている。瘦《や》せた体はシャツの中でやや泳いで見えるが、ネクタイの下がった制服は年相応で似合う。そのどことなく憂《うれ》いのある横顔も、手の中のものを覗き込む立ち姿も、凜生にはやっぱりオヤジには見えない。

大人びたカッコよさに映った。

それから、『まただ』と思った。

また携帯電話を見ている。

その姿を凜生が最初に見かけたのはいつだったか。店長は、時折事務所で携帯を眺めているときがある。メールを打つわけでも、なにか操作するわけでもない。前に偶然見えた画面はアドレス帳で、かといってやっぱり電話をかける素振《そぶ》りはなかった。

そして——

「な、なに?」

倉林は電話をばっと机に伏せた。

近づけば判りやすくうろたえて画面を隠すから、余計に目立つ。

「あ……すみません、休憩もらおうと思ったんすけど」

「ああ、いいよ、その辺に自由に座って。昼飯を食べるんだろう?」

凜生は買い置きの弁当を用意して、隅の机についた。

変に隠したりするものだから、店長の携帯電話が気になる。対角線上の離れた席でパソコンを弄り始めた男は、キーボードの傍《かたわ》らにそれを置いていた。

携帯電話は人を映す鏡。なんてもっともらしいことを凜生に言ったのは、幼馴染みのはっくんこと八木沢だ。

あまり新しくはなさそうなブルーの携帯だった。傷だらけで、携帯ストラップは死んだように吊《つ》るされたくたびれた犬のマスコット。マニュアル、マニュアルと口喧《くちやかま》しく神経質そうな倉林は、きちんとしているようでルーズというか、どこか投げやりな一面がある。

そう言えば、自分を雇うと決めたときもそうだった。

「店長、仕事楽しいっすか?」

どうして急にそんなことを口にしたのか判らない。パソコン画面の向こうで、倉林が驚いたようにこちらを見た。

「え？」

「いや……大変そうな仕事だなと思ったんで」

「楽しくはないな。夏休みのある学生が羨《うらや》ましいよ。なにしろこっちは『夢も希望もない』仕事だし？」

なにか皮肉るかのように笑って言う。どこかで聞いた言葉だなと凜生も思ったけれど、咄嗟《とっさ》には思い出せなかった。

「店長はもう長いんですか？」

「店長になって？　いや、今年に入ってからだし、店もまだ三年目だ」

「へぇ、なんでこの店に入ったんですか？」

繰り返す質問に、倉林は怪訝《けげん》な顔になる。

「……どうしてそんなことを？」

「え、だって……『楽しくない』って言ってるのに、なんでかなって……あ、就職するまで気づかなかったとかっすか？」

「父が倒れたんだよ。東京で働いてたのを辞めて戻ってきたけど、田舎じゃ就職先も選び放題ってわけにはいかなくてね。まぁ……去年茶毘《だび》にふしたんで、ここにいる理由もなくなったんだけどさ」

「だびって……」

死んでしまったということだ。

そんなプライベートは初めて聞いた。

入店して一ヵ月あまり。店長が自分より遅く来るところも、先に帰るところも見たことがない。この今まで縁もゆかりもなかった年上の男は、毎日どこからともなく店に湧《わ》いてでもいるような気がしていた。

帰る場所はあるようでない。

いつもここにいる。

いつも同じ制服を着て――

しんどくはないんだろうか。学校のクラスの連中なんて、四十日ある夏休みのうちの三日が登校日ってだけでも、異常事態だと言って大ブーイングだった。

いや、店長もしんどいから『楽しくない』と言っているのだろう。

じっと見ていると、倉林はふっと苦笑して言った。

「上原くん、君ってちゃんと喋れるんだな」

夏休みはいつもより早く時間が流れると言っても、特別なことが起こるわけではない。

なにか一生の思い出に変わるような出来事が起こる予感が漠然とするけれど、きっと何事もなく過ぎ去るのもまた漠然《ばくぜん》と判っている。

なにも変わらない、いつもの夏。

せいぜい友達と海で日焼けし、キャンプで星を見て、花火で過ぎゆく夏を惜《お》しむだけだ。

色気づき始めてからは、凜生のその相手は女の子に変わることが多くなった。

「それでね、パパに頼んだら買ってくれたの。ママには内緒だって言うから、ずっとクローゼットに隠してたんだけど、こないだ勝手に整理してて焦っちゃった〜。見つからずにすんだんだけど〜」

電車のシートに凜生は座っていた。隣で喋っているのは、夏休み前から付き合い始めた隣のクラスの相川寧音《あいかわねね》だ。

夕方の電車の車内は眠気を誘う。プール帰りのだるい体にクーラーの冷気は心地よく、今にもうとうとしそうになるのを、彼女の高い声が引き留めていた。さっきからずっと続いているのは、今日のデートのために無理して買った……いや、買ってもらったというリッチなサンダルの話だ。

「どう、可愛《かわい》くない？」

「可愛いよ」

時々同意を求められて相槌《あいづち》を打つ。彼女は安堵《あんど》したように再びペラペラと、凜生にとってはどうでもいい、けれど聞きたくないというほどでもない、ファッションや顔も知らない友達の友達の話や、見たことのない今後も見る予定のないテレビ番組の話を続ける。

「凜生くんってさ、ホント背高いよね。寧音がサンダル履《は》いてもほら……嬉しいな、ヒールが履ける彼って憧《あこが》れだったから」

電車が乗り換えの駅に近づいて立ち上がると、寧音は嬉しげに言う。

ミニのボトムから長い脚の伸びた彼女は、モデルばりのスタイルで背が高かった。百七十センチあるかもしれない。身長がコンプレックスで、オシャレをしてもみんなみたいにヒールのある靴を履く勇気がなかったのだと言っていた。

「ああ、それ持つよ」

歩き辛《づら》そうに持っている水着や浮き輪の入った大きなビニールバッグを受け取り、駅に到着するとホームに降りる。

「ありがと。凜生くん、優しいね。声かける前は怖い人かなって思ってたのに」

「怖い？　俺が？」

「うん。だって、なんとなく話しかけづらいオーラ出てたし。そんな怖い人じゃないとは聞いてたけど」

「ふうん……」

誰がフォローしてくれたか知らないが、『怖い』と思っていた相手を好きになったのか。

颯爽《さっそう》と歩く彼女の白いサンダルが眩《まぶ》しい。綺麗な寧音は、一歩歩くごとに人の視線を引きつける。一緒に歩く自分は、まるで対《つい》で歩くには持ってこいの人形のようだ。

——もしかして身長に惹かれて告白してきたのか。

そうであってもべつに驚かない。凜生はモテるが、それは容姿《ようし》が理由であるのも知っている。ほとんど口を利《き》いたこともなしに告白してくるからには、理由が『性格』であるはずがない。

だから嫌だというわけじゃなかった。

恋なんてきっとそんなものだろう。

みんなそうだ。中学高校……いや、小学校からそう。クラスでなんとなく目立つ、可愛かったりカッコよかったりの、あの子にあいつ。『好きな人』に位置づけるのに、喋ったことがあるとかないとかは関係ない。

自分だってそうだ。ただ彼女を可愛いと思ったから付き合い始めた。

「……あれ」

カラフルな蛍光《けいこう》オレンジのビニールバッグを肩に引《ひ》っ提《さ》げて歩く凜生は、階段口に向かう途中で『あ』となった。

「どうかした?」

「いや、友達が……ああ、やっぱり。はっくん!」

ターミナル駅の人混みの中、ホームをこちらに向かって歩いて来ているのは八木沢だ。携帯電話を弄る男は一瞬顔を上げたにもかかわらず、慌てたようにすぐに伏せた。

「はっく……珀虎！」

呼び方が気に食わなかったのか。改めて呼びながら近づくと、渋々といった具合で顔を起こす。

「ああ……凜生、奇遇だな」

「今帰りか？　水曜は塾だっけ？」

「……まぁな。おまえは？　どっか……彼女と遊びにでも行って来たのか？」

「プールに行った。すごい混んでたけど……あ、同じクラスの八木沢珀虎。昔っからの友達なんだ」

数歩離れた位置で足を止めた寧音のほうを振り返る。

「えっと……どうも」

寧音は微《かす》かな会釈《えしゃく》をするだけだ。

名前くらい言えばいいのにと思った。

三人とも向かうホームは同じで、足早に階段を降り始めた八木沢の後を追うように凜生は続く。さっきまで閉口《へいこう》するほどよく喋っていた寧音は、まるで言葉を発しなくなった。

乗り換えのホームに着いても喋らない。偶然友達に出くわし、女の子の機嫌が悪くなってしまったことは今までもある。あからさまに居心地の悪そうにする寧音を、凜生は正直面倒だと思った。

電車が来る間際、荷物を渡した。

「じゃあ、今日はここで。帰り、気をつけてな」

家に帰るのなら、寧音とは反対のホームになる。急に別れを告げた凜生に、彼女は驚いた顔をしたけれど、隣に八木沢がいるからか無理に残ろうとはしなかった。

「う、うん、じゃあまたメールするね」

彼女を乗せた電車はマイペースに動き出し、後には幼馴染みと、幼馴染みを選んだ凜生が残る。

はっくんは嬉しそうではなかった。

「おまえ、最っ悪だな。デートだったんだろ？　普通彼女のほう優先しないか？」

「優先って……今日はプールの約束だったんだし。もう行ってきたし、なにかまずいか？」

「なにかじゃないだろ。付き合うって決めたんなら、ちゃんとしろよ。おまえを好きになってくれた子だろ？」

「それはそうだけど……べつに俺じゃなくてもよかったみたいな……」

身長と容姿で彼女の好みをクリアしそうな男なら、ほかにもいる。

「バカ言うな！　女の子から告白するって勇気いるんだぞ！」

突然荒げられた声に驚いた。

女子でもない八木沢に寧音の気持ちが判るはずもないし、そこまで叱られる理由もない。凜生は面食《めんく》らうも、ホームに入ってきた電車に話はうやむやになる。

混雑していてドア口に並び立った。走り出した電車内で至近距離にある幼馴染みの旋毛《つむじ》を見下ろしていると、こちらを見上げないまま八木沢が言った。

「おまえさ、あの子のことどのくらい覚えてる？」

「どのくらいって？」

「髪型とか格好《かっこう》とかさ、いろいろあんだろ」

「ああ……」

別れたのはほんの数分前。変なことを訊くんだなと思いつつ、すぐそこにある記憶を探ると、白いものが頭にチラついた。

「サンダル履いてた、白いの」

「足元しか見てないのかよ」

「ずっとサンダルの話をしてたんだよ。ほかも覚えてるに決まってるだろ、朝からずっと一緒にいたんだから……なんか短いの穿《は》いてたな、ショートパンツ」

「……パンツじゃなくてスカートだったぞ、マリン調の。上はボーダー柄、錨《いかり》型のネックレスとピアスしてた」

八木沢の突っ込みを受け、『あれ？』となる。凜生は自分でもうろたえるほど、彼女のことをあまり覚えていなかった。

一瞬しか会っていない幼馴染みに、自分の記憶が劣《おと》るはずはないと、凜生は懸命に頭を回した。

携帯を握る白い手。

青い携帯電話。

くたびれた犬が下がっている。

その横顔はいつも疲れた表情で、どこか淋《さみ》しげで、ただじっと開いた携帯の画面を見つめている。その先にあるものと、電波ではなく、まるで心で通じているかのように。

「あれ……」

デートの帰りだというのに、凜生が記憶から引っ張り出したのは何故かバイト先の『オヤジ』のことだった。

「僕はべつに君が憎くて言ってるわけじゃないんだよ」

キッチンの奥で倉林《くらばやし》は途方に暮れていた。

また無理な注文やクレームが入ったのとは違う。目の前にいるのは接客担当、女子大生バイトの田丸《たまる》だ。今日は入店早々《そうそう》から凡《ぼん》ミスの連発で、ついには客に詫《わ》びるどころか不貞腐《ふてくさ》れた態度まで見せるので注意しないわけにもいかなくなった。

午後八時過ぎ。店は比較的空《す》いている。キッチンから臨《のぞ》む店内はテーブル席の客も疎《まば》らで、暗い窓の向こうに国道を行き交う車のライトも見通せる。そんな中、わざわざカウンターからキッチンまで彼女を引っ張ってきたのには理由がある。

「だってっ、私だってっ、好きで間違えてるわけじゃないんですからぁっ！」

田丸は泣いていた。

まさか小言ぐらいで泣き出すとは思わず、驚くと同時に呆《あき》れてもいた。

「今日は私、誕生日なんですっ」

「え？」

「誕生日だから本当は休みたかったんだけど、土曜入る人がいないって言うから入ったんですっ」

「ああ……」

自分は冷たいのだろうか。小中学生ならともかく、成人した大学生に『誕生日だから特別扱《あつか》いしろ』と言われても困る。

「それは……悪かったね。でも、お客さんには判《わか》らないことだから、シフトに入ったからには……」

「判ってますそんなことっ！　私だってちゃんと頑張《がんば》るつもりでいたんですっ！　なのにバイトに来る前、彼からメールが来て、誕生日は明日祝おうって言ってたのに急にダメになったって言うから、どうしたのかなって思ったら……わかっ、別れたいって……別れたいって急にっ」

自棄《やけ》になって捲《まく》し立《た》てる田丸は、『うわーん』とでも声を上げそうなほどに泣きじゃくり、背後にいた仲のよい女子バイトに縋《すが》り寄《よ》る。

「それは……どう言ったらいいか……」

糾弾《きゅうだん》されるべきは誰なのか。彼女か、彼女の彼か。周りの女子バイトの視線は、自分を非難しているように見えた。フライヤーの前の男性社員はと言えば、触らぬ神に祟《たた》りなしとばかりに、これ見よがしに忙しそうに働いている。

倉林は小さな息をついた。

「もう帰っていいよ」

「え……」

「誕生日なんだろう？　それに……哀しいこともあったみたいだし、家に帰ってゆっくり休むか、友達にでも慰《なぐさ》めてもらうといい」

「い、いいんですか？」

ぱっとこちらを振り返り見た彼女の顔は、大して涙で濡れていないように見えた。

「いいよ。また来週、頑張ってね」

嘘泣きだろうと構わない。同情したからではなく、脱力からの了承だ。

——まぁ……いいか、もう。

バイトが増えてやや余裕が出てきたとはいえ、倉林は二週間休みを取っていない。それ以前は、ひと月休んでいないこともあった。今日も仕込みの早朝から入っているけれど、自分さえ帰るのを諦《あきら》めればすむことだ。

どうせ帰ったところで夜が終われば朝が来る。また制服に着替えてドーナツドーナツ。客に揚《あ》げたリングを売る一日の始まりだ。

田丸は笑顔になって帰っていき、倉林は代わりにカウンターに入った。

彼女を雇《やと》ったのは自分なのだからしょうがない。

店長だからしょうがない。

『夢も希望もない』職とはよく言ってくれたものだ。

「店長、まだいたんすか」

深夜。閉店作業も終わり、ただ一人腰が重くなってぼんやりと机に向かっていた倉林は、聞こえた物音にはっとなった。

背後を振り返ると、とっくに帰ったはずのバイトの男が戸口に立っていた。

「上原《うえはら》くん……君《きみ》こそ、もう帰ったんじゃなかったのか?」

凛生《りお》は左手の紙袋を軽く掲《かか》げ見せる。

「これ、忘れたんで」

ドーナツの袋だ。余った商品は店長の許可で持って帰っていいことになっているが、最初は喜んで持って帰るバイトも、普通はすぐ飽《あ》きて興味を示さなくなる。

「上原くん、よく飽きないな。太るぞ」

「育ち盛りなんで、大丈夫です」

「なんだ、中年に対する嫌味か?」

「店長、まだ二十代でしょ?」

凜生は笑いもせずに言う。フォローしたわけでもなく、二十代は中年ではないと事実を言っているだけなのは判っていた。

雇い入れて一ヵ月半。倉林は得体《えたい》の知れなかった高校生が判り始めた。裏も表もない性格だ。せめて接客ができる程度の裏表は身につけてくれよと思うけれど、今はキッチンに入れているので問題はない。むしろ、神業《かみわざ》がかった仕上げ能力に助けられている。打たれ強いところもありがたかった。注意したぐらいで不貞腐れることもないし、泣き出しもしない。

会話は短い言葉のやり取りだ。喋《しゃべ》らないとばかり思っていた男は、やはり口下手《くちべた》ではあるらしく、けれど率直《そっちょく》なその話し方は慣れれば好感が持てなくもない。

凜生との会話は、倉林にとって非常に楽だった。

「思ったんですけど、店長が振られたら誰が慰めるんですか?」

「え？　ああ……田丸さんのこと」

「接客は俺がやるんすか？」

「僕が泣くはずないだろう。これでも管理職手当もらってるいい大人なんでね。ていうか、接客ってさぁ……そういうのはまともにできるようになってから言ってくれよ」

苦笑しか出ない。

凜生は帰る気配もなく、どういうわけかその場にいた。前に嫌々仕事を続けているようなことを言ったから、気になってでもいるのか——

「店長って、なんでいっつも携帯ばっか見てんですか？」

「え……」

はっとなって確認した携帯電話は、無意識に伏せていた。けれど、戸口に頭を預けて凭れた凜生の視線は、倉林の手元にじっと向けられている。

「見てるでしょ。アドレス帳のサ行」

「べ、べつに……ただの暇潰《ひまつぶ》しだよ。大した意味は……」

「俺がそのサ行、全部言えたら理由教えてくれますか？」

「は？」

「当たったら、教えるってのはどうかと思って」

「どうって……」

妙な賭《か》けにも、執着にも驚いた。自分にとって訳ありでも、他人にしてみればどうでもいいようなことだ。

呆気《あっけ》に取られているのを了承と受け取ったのか、凛生は口を開く。

「『サイトウ　アキラ』」

「ちょっ……ちょっと、待てよ」

反射的に止めつつも、言えると思ったわけじゃない。交友関係の広くない倉林でも、それなりの登録数だ。自分自身でも数すら把握《はあく》していない。

「『サカイ　トオル』『ササキ　ユウコ』『サワグチ　ミツエ』『シノハラ』『シロヤマ　タカヒロ』『スオウ』『スズキ　ヒロミチ』……漢字もちゃんと言ったほうがいい？」

信じられなかった。凛生は得意げにするでもなく、ただ淡々と名称を羅列《られつ》し続けた。

記憶力がいいとかいうレベルではない。

「ひ、人の携帯を盗み見たのか？」

「勝手に弄《いじ》ったとかじゃないですよ。店長がしょっちゅう見てるから、後ろ過《よ》ぎったときとか、たまたま目に入ったってだけで」

「たまたまって……」

そんなほんの一瞬で記憶できたというのか。

「本当はどれを見てるのかも見当ついてるんです」

「園田哲明《そのだてつあき》」

「え……」

不意打ちだった。

自分の顔が強張《こわば》ったのを感じた。

「……当たり？　園田ってサ行の最後だから、画面開いただけじゃ見えないでしょ。だからスクロールしてんの意味あんのかなぁって……まさか、恋人？　店長まで男に振られたとか言わないっすよね？」

『まで』というのが、田丸の話と絡《から》んでのことだと気づく余裕はなかった。

それが、この愛嬌《あいきょう》もない男なりの冗談だとはもっと気づかない。

沈黙してしまった自分に、凜生は目を瞠《みは》らせ、倉林のやっとの思いで動かした唇は歪《ゆが》んだ。

「はっ、なにがしたいんだ。俺をからかって笑い者にでもしたいのか？」

「ち、違います。ただ気になってたから……知りたいって思っただけで！」

焦《あせ》る姿を初めて見た。だらっと背を預けていた戸口から凜生は飛び起きるように身を起こし、室内へ一歩踏み込んでくる。

「そ、そっか……恋人だったんだ」

「そっかって、おまえ……」

男に男の恋人だ。もっとリアクションすべきところだろうに、気が抜けたみたいな声で言う凜生の反応は薄い。べつにびっくりしてほしいわけではないけれど、やっぱり変な奴だと思った。

キイ。静かな狭い室内に、揺らした古い椅子が軋《きし》んで鳴く。回転椅子ごと動かして身をそちらに向けた倉林は、溜め息をついた。

「彼は東京にいた頃に付き合ってた人だよ」

自分が職場でこんな打ち明け話をする日が来るとは思ってもいなかった。

「東京って……三年以上前の話じゃないんですか？　連絡してるんですか？」

「してたら陰気《いんき》に眺めるわけないだろう。完全に別れた男だよ、三年前に切れてる。時々ふと思い出してね」

あの曲が聴きたかったのかもしれない。今となっては曲名も知らない、探し出すこともできない、耳に馴染《なじ》んだ懐《なつ》かしいメロディ。

「向こうで、彼にはしんどいときによく助けられてたからかな。付き合い始めたのも、大学卒業したばかりの会社に馴染めなくて悩んでた頃だったし」

地元の幼馴染みだった。年こそ四つほど離れているが、子供の頃からよく知っていて遊んでもらったりもした仲だ。

お互い上京していて偶然再会した。それだけでもうなによりホッとできる存在で、互いにゲイだと知り勢いで付き合い始めた。

「なんで……別れたんですか。三年も忘れられないくらいだったんなら……」

「三年なんて、あっという間だったよ」

「あっという間って、三年が?」

「君の考える三年と、俺の三年は違うのかもしれないね。それに、そんなにいい付き合いじゃなかったからさ」

ふっと倉林は笑う。

「不倫だったんだよ」

「え……」

自分でも驚くほどするっと口にしていた。

知りたがる凜生を前に、倉林は警戒心も薄くなっていた。元々、秘密主義な性格でもない。ただ、話せる相手もいなかっただけで——

「彼には奥さんも子供もいてね。綺麗な奥さんだったな……楚々《そそ》としてて、なんかいかにも良妻賢母《りょうさいけんぼ》って感じの。子供がまた可愛いんだ。小さくて、おさげで、目がくりっとしてて、まるでどっかの子役みたいな……まぁ全部、俺も後から知ったんだけど」

自然と視線が足元に落ちていた。

「後から?」

「結婚してるなんて、知ってたら付き合うわけないだろう。再会したときには、もう妻帯者《さいたいしゃ》だったそうだ」

なんとも暗い話で、倉林は大したことではないというように、『ははっ』と短く笑った。

「ま、男同士は結婚もできないしね。将来なんて真剣に考えてたわけじゃないけど……」

「本当に知らなかったんですか？」

言葉に驚いて顔を起こした。

「付き合ってたら、そういうの気づくもんでしょ。全然気づいてなかったなんて……そう思いたいだけじゃないんですか？」

「上原くん……」

「だって、騙《だま》されたってことにすれば楽でしょ。罪悪感覚えないですむし、被害者気分でいられるし」

突き刺さる言葉。凜生の表情は、さっきまでとは打って変わって険《けわ》しく映った。

同性愛には一向《いっこう》に動じた様子もなかった男が、嫌悪感《けんおかん》を露《あら》わにしている。

「上原くん、あの……」

倉林の声は上擦《うわず》り、凜生は我に返った顔をした。

「あ……帰ります」

「え、あのっ……」

引き留める間もなく踵《きびす》を返す。入って来たときには気配をまるで感じさせなかった男は、足音も荒くバタバタと出て行った。

倉林が表に出ると星が出ていた。

降るようなとまではいかないけれど、窮屈《きゅうくつ》な都会の申し訳程度の夜空に比べれば、圧倒《あっとう》されるほどの星の数だ。

店の裏口から国道に出ても、もう凜生の姿はなかった。自転車で飛ぶように帰ってしまったのだろう。

自分から知りたがったくせに、話が不倫に及んだ途端に顔色を変えた。釈然《しゃくぜん》としない気持ちで、倉林は裏口の施錠《せじょう》をして帰路《きろ》に着く。

星の明るい夜だというのに、ゆらゆら思い起こされるのは嫌な記憶だ。

あの日は雨だった。

季節はいつだったか、濡れても凍《こご》えるほどに寒くはなかった。

きっかけは、久しぶりに電話で話をした同級生からの他愛《たわい》もない噂話。恋人が子連れで里帰りしてるのを見たと聞き、確かめずにはいられなくなった。

翌日、営業を抜け出して彼の家へと向かった。雨にけぶる視界の中、マンションの駐車場に停められた彼の車に女性が乗り込む姿を目にして、そのまま社用車で後を追った。

辿《たど》り着《つ》いたのは幼稚園だった。

女性は入って行ったきりなかなか戻って来ず、倉林は車を降りた。

濡れながら近づいた窓。柵《さく》越しに覗けた室内に、女性と女の子の姿が見えた。おさげで、目がくりっとしていて、どことなく面差《おもざ》しが彼に似ている女の子。

ビニール傘《がさ》すら持たない倉林のスーツは雨に濡れ、その場を離れて戻る頃には、肩になにかが乗っかっていると錯覚《さっかく》するほどずしりと重く感じられた。

その夜、真実を聞いた。詰問《きつもん》してやっとのことだった。自分と再会したときには、すでに子供がいたという事実、仕事のために必要な結婚だったという言い訳、愛しているのは彼女ではなく自分だという戯言《ざれごと》。

彼と話したのは車の中だった。夜になっても強まるばかりの雨脚《あまあし》に、ワイパーが懸命に拭《ぬぐ》っても拭ってもフロントガラスには滝のような雨が流れ落ち、見つめる倉林は『終わったな』と感じていた。

あれがもう三年以上前のことだとは思い難《がた》い。あの日一日中つき纏《まと》った雨の記憶は、こんなにも鮮明なのに――

歩いて五分とかからない自宅へ帰る倉林の頭上では、何事もなく星が瞬《またた》き続けている。

深夜の国道は車も疎《まば》らだ。時折傍《かたわ》らをスピードを上げて走り抜けていく車の走行音は、あの日の激しい雨のように聞こえなくもない。

『本当に知らなかったんですか?』

凜生の言葉に戸惑ったのは、自分でも認めたくない事実を突きつけられたからかもしれない。同級生から噂話を聞かされたとき、自分はちゃんと驚いただろうか。二年あまりも交際していて、本当になにも気がつくことがなかったのか。

一度も彼の家に上がってはいない。『会社が社宅に借り上げているマンションだから、出入りに近所の目が厳しい』という彼の言葉を、どれほど疑わなかっただろう。とても忙しい彼は、休日でも会えない日が度々《たびたび》だった。用があって電話をかけたら、まるで仕事相手のように自分に敬語で接した。後ろで子供の声が微《かす》かに響くと、尋ねてもいないのに彼は『今公園の近くなんだ』と言って笑った。

まるで安っぽい昼ドラ並みの言い訳だ。

自分は一体どこまで信じていただろう。

別れたくない思いで、素知《そし》らぬ振りをしていたのではないか。結局、すっぱりと決別できたのも、あの後すぐに父が倒れて物理的に距離を置けたからだ。

判らない。

もう、三年も前に終わったことだ。

なのに、急に気持ちが重い。ただ仕事の気休めに、昔を懐かしむように携帯電話を眺めていたときとは違う、不快で不安な思いが芽生《めば》えていた。

バイトの高校生に呆れられたくらいで、どうやらショックを受けている。

――どうして話してしまったんだろう。

自転車どころか人っ子一人いない歩道の先を見つめ、倉林は独りごちた。

「……まぁ、いいか」


ドーナツ屋から自転車で十分弱ほどのところに凜生の家はある。

比較的新しい住宅街の、碁盤《ごばん》の目のように整理された区画《くかく》の一軒家。星明かりの元に浮かび上がる整然と並んだ家々は、まるでブロックかなにかでできたオモチャのようだ。

星空も見ずに走らせた自転車を降りると、ぶわりと背中に汗が浮いてきた。

――どうしてあんなふうに言ってしまったんだろう。

初めて覚える類《たぐい》の疑問が、凜生の頭を占《し》めていた。余計な話をしたがらない凜生は、普段はあまり自分の発言を後悔するようなことがない。

キツイ言葉なんて、べつに言うつもりはなかったのに。

「凜生！」

自宅玄関に近づくと、ポケットから鍵を取り出すまでもなくドアは開かれた。

「どうしたの、今日はいつもより遅かったじゃない」

待ちかねていたというように飛び出してくる母親に、板についてしまった素《そ》っ気《け》ない声が出る。

「ただいま。ちょっと、バイト終わるの遅くなってさ」

「心配するでしょう。メールぐらい送ってくれてもいいのに」

「もうこんな時間なんだから、寝てると思うだろ。つか寝てろよ、母さん」

「凜生……」

パジャマ姿の母親はその場に立ち尽くす。

ぶっきらぼうな息子。扱い辛《づら》い思春期の最中の十七歳としては、ありがちなのかもしれない。けれど、凜生の場合はそれだけとは違っていた。

スニーカーを脱ぐ傍ら、玄関の周囲が目に映《うつ》る。母が日常的に履《は》いているサンダル。表に出ている靴はそれだけだ。右手にスリッパ立て、左手に傘立て。シューズボックスの上の花器には紫《むらさき》色の洋ラン。

なんということもない当たり前の光景に、凜生の目は当たり前でなく反応した。

無意識に今朝の記憶と照らし合わせる。三日前から生けられている花が、『アランダノーラ』なんて名であることを凜生は知らないが、その花数や色や形は鮮明に覚えていた。雨はもうしばらく降っていないから、傘立ての色の順序にも変化はない。青い傘、黒い傘、淡いピンクの水玉の傘。父が前に急場凌《しの》ぎに買って帰ってきたビニール傘は、埃《ほこり》を被《かぶ》っていたから先月捨てられた。

凜生は家の状態をよく覚えており、帰宅すると変化がないか自然と確認する。

物心ついた頃からよかった記憶力が家の変化に向けられるようになったのは、七年ほど前だ。

凜生は小学生だった。その日は朝から体がだるくて、無理に登校したけれど熱があると判って午前中のうちに早退《そうたい》した。

家にいなかった母が帰宅したのは昼過ぎだ。横になったベッドを抜け出す気力もなく、二階へ上がって来てくれるのを待ち気配を探っていると、母が一人ではないのを感じた。

ただの来客にしては、なんだか様子がおかしかった。凜生は重い体を引《ひ》き摺《ず》るようにして階段を下り、そして母が見知らぬ男といるのを目にした。

ただ話をしているのとも、ソファに並び座っているのとも違う。

凜生は二階には戻らず、そのまま家を出た。

行く宛《あ》てもなくうろうろと町内を彷徨《さまよ》い、歩き回って熱が上がったのか、日が落ちて意を決して帰る頃にはふらふらだった。男はもう家にいなかった。代わりに中学生の兄が帰って来ていた。

母と兄にこっぴどく叱《しか》られた。

具合が悪いのに、どこを遊び歩いてたのと。

なにも言い返せなかった。

あの日から母との接し方が判らなくなった。

そのくせ動向を意識している自分がいる。煙《けむ》たげに接しながらも、再び浮気をしているのではないかと疑っている。

一度きりの浮気だったのか、凜生がはっきりと確認できたのはあの日だけだ。父は知らない。単身赴任になる前からずっと仕事仕事の人間で、家庭を顧《かえり》みない。金銭的に満たしてさえいれば、父親の役目を果たしていると勘違いしているような男だ。

母も淋しかったのだろう。

成長するに連れ、判り始めた。

けれど、頭で理解を示すのと、心で受け入れるのは違う。未《いま》だに家に帰る度に粗探《あらさが》しのように記憶を確認し、自分の帰りを遅くまで待っていた母親を邪険《じゃけん》にする。

苦い気分で二階への階段を上る凜生は、母親に低い声で『おやすみ』とだけ言った。

もう小さな子供じゃないのだ、トラウマなんて認めたくもない。

店長の不倫話に過剰反応してしまったのも、このせいかもしれない。

携帯電話の意味を知った。どうしても知りたくて、好奇心を抑《おさ》えきれずに無茶な方法で訊いた。こんなこと、凜生はもちろん初めてだ。

ゲイだと聞いても、不思議と嫌悪しなかった。制服姿しか知らない男の帰る家の存在感が乏《とぼ》しいように、交際している姿が想像できなかったからかもしれない。

やっぱりなんだかんだ言っても、携帯の男に未練があるんだろうか。

そう考えると嫌な気もする。

一つ解《と》けたら、また新しい疑問が芽生えた。

凛生はベッドにそのままごろっと横になろうとするのを止《や》め、窓際の机に向かった。

なんだか眠れそうもない。知ったばかりの情報が頭を堂々巡《めぐ》りする。どうして頭から離れようとしないのか。まるで倉林に自分が支配でもされているようで嫌だった。心動かされてばかりいる。

凛生は気分転換に引き出しを開けた。袖机《そでづくえ》から取り出したのは、まっさらの鉛筆とカッターナイフ。

徐《おもむろ》に構える瞬間も、さっき別れたばかりの男のことが否応《いやおう》なしに頭を過ぎった。

「店長……恋愛とか、するんだ」


倉林が事務所からかけた電話に、凛生はワンベルで出た。

「上原くん、もう七時だよ？」

翌日の夜だ。夜のシフトの凛生がいつまで経《た》っても出勤して来ず、倉林は電話をする羽目《はめ》になった。

『七時？』

「六時から君、シフトに入ってるだろう。どうして出勤しないんだ。今からちゃんと来れる？　キッチン、困ってるんだけど……」

『あ、ああ……』

悪びれた様子もない声は、惚《とぼ》けているようにも感じられた。

家にいたのだろう。それから三十分もしないうちに、裏口で物音が聞こえた。ドアを開閉《かいへい》する音、ロッカーがガタガタ鳴る音。薄い壁越しに響いていたかと思うと、事務所に制服のシャツのボタンを止めながら凜生が姿を現わす。

「店長、なんか……遅れてすみません」

遅刻して『なんか』はないだろう。

「どうして遅れたんだ？」

「今日は……その、なんていうか……」

普段から口数の少ない男だが、問われた内容に対して答えないことはない。

言い難《にく》そうにしているのは、自分には話し辛《づら》い内容だからか。

昨日の今日だ。出社拒否なんて考えもしなかったが、倉林もまた顔を合わせ辛くなったと朝から感じていた。

「遅れたのは僕のせいか？」

「え？」

「昨晩の話で呆れたんだろう？　僕も……君にあんなことを話したりして、軽はずみだったと思っているよ」

喉元《のどもと》のシャツのボタンを一つ開けたまま、凜生は指を止める。

「それは……話さなきゃよかったってことですか？」

「そうだ。道義的《どうぎてき》に問題のある行いをやっていたような上司の下では、君が働きたくないと思っても仕方ないからね」

「上司って……」

凜生は不満そうだ。

それ以外の何者でもないだろう。ドーナツ屋の店長では、上司なんて言葉は似合わないとでも言うのか。

「軽蔑《けいべつ》されたのも無理はない。過去は変えようもないからしょうがないけど……」

見上げた表情にびくりとなった。自分なりの反省。けれど、どういうわけか言葉を重ねれば重ねるほど、見下ろす凜生の表情は冷たくなっていく。

見つめる双眸《そうぼう》が怖い気がした。

まだ昨日の——いや、今怒っているのか。

「う、上原くん？」

凜生は不意にがくっと首でも折るみたいに頭を下げた。

「俺って……そんなに店長のこと意識してそうですか？」

「え？」

「自惚《うぬぼ》れないでください」

俯《うつむ》いた顔は窺《うかが》いしれない。ただ突然突きつけられた言葉に、倉林は絶句する。

「店長の昔話ぐらいで俺が店をサボるわけないです。そんな影響力ないっすから。絶対、ないし」

なにか自分自身にでも言い聞かせるように凜生は繰り返し、なにが怒らせているのか判らないまま、「仕事入ります」と言って出て行った。

事務所に残された倉林は、ただただ唖然《あぜん》となるばかりだ。

事務作業に戻ろうとしたけれど、どうにも頭に引っかかって捉《とら》われる。マウスをカチカチ鳴らしていると、内線で電話が鳴った。

『店長ぉ～、野田《のだ》くんから電話です』

「野田くん？　あ、ああ、はい……」

生返事で応じる間にも内線はぶつりと途切《とぎ》れ、外線電話をかけてきた学生バイトの男と繋《つな》がった。

用を尋ねるまでもなく、男はひどく慌てた声で言った。

『今日、バイト忘れててすみません!!　上原くんにシフト代わってもらったのに!!』

「は……？」

反射的に身を捻《ひね》る。壁のシフト表を見ても、何度も確認したとおり変更した気配はない。来週休みが必要になって交代を頼んでいたのだと、野田はすまなそうに説明した。

電話を切った倉林は、慌ててキッチンに向かう。少し前の戦場のような有様《ありさま》からは落ち着き、皆マイペースに仕事をしていた。

凜生はいつもの仕上げ用の作業台に向かっている。

近づけば、後ろにも目がついているかのように振り返らずに反応した。

「なんですか？」

「野田くんから、たった今電話があったよ」

背中がぴくんと反応を見せる。

それだけで判ったのだろう。

「……そうすか」

振り返ろうとしないまま黙々《もくもく》と手を動かす男に、倉林もそれ以上はなにも言わないまま事務所へ戻った。

再び話をしたのは、閉店作業も終わった後だ。

「これ、もらって帰ります」

いつものようにドーナツの袋を携《たずさ》えて帰ろうとしている凜生に、倉林は問いかけた。

「なんでシフトのこと言わなかったの？」

「なんか……野田さんに悪いかもって」

言わなかったのではなく、言えなかったのだ。

「すまない、悪かったね」

「悪いって、どっちが？」

「どっちって……どっちもだ。君のシフトだって思い込んでたのも、昨日のことで君が臍曲《へそ》げてるなんて勝手に思ってしまったのも。本当、悪かった」

凜生は黙り込み、ただ軽く頷いた。あっさりと背を向けて出て行く後ろ姿を、何故《なぜ》だかちょっと淋しいと倉林は思った。

それから、まだ店に残っていた社員も帰っていき、倉林自身も着替えて裏口から外に出ると、アスファルトの狭い駐車スペースに人影があった。

「君……帰ったんじゃなかったのか？」

「やっぱシフトのことは、俺も悪かったと思って。ちゃんとシフト表、直してなかったし」

「でも、それは野田くんがすべきことだろ。君は代わってあげたほうなんだから……」

ぬっと差し出された手に、倉林の言葉は途切れる。

「な、なに？」

「やるよ」

待っている間に買ったらしい自販機の缶コーヒー。手に二つあるうちの一つを、凜生は返事も聞かずに押しつけるように渡してきた。

「あんたに詫《わ》びだよ。俺もなんか、ひどいこと言ってしまったし」

「ひどいって、どっち……」

今日のことか、昨日のことか。

今日のことはともかく、昨日機嫌を損《そこ》ねた理由はまだ判らない。

でも、確認しようとして止《や》めた。

もうどちらでもいい気がした。理由があってもなくても、今こうして譲歩《じょうほ》してくるからには、気は晴れたということだろう。

「……ありがとう、もらうよ」

缶コーヒー一本とはいえ、高校生からものをもらうようなことはしていない。けれど、突き返すのもよくない気がして、素直に礼を言うと凜生はこくっと一つ頷いた。無表情の板についた男が、うっすら笑《え》んだ。

「昨日の話は俺があんたから無理矢理聞いたんだし、やっぱ……どう考えても知りたがったの俺なんだよな」

知ってどうするのだろう。

納得いかなそうに言う男は、自分でもその理由が判らないでいるらしい。

凜生は傍《かたわ》らに停めていた自転車を押して歩き始めた。何故乗って帰らないのかとは倉林も問わなかった。不自然だとはあまり感じなかったし、隣を並んで歩くのは不快ではなかった。むしろ、心地いい気さえした。

「そういや店長って、制服以外も着るんすね」

不意に凜生が妙なことを言った。

「は？　着るだろ、普通に。どういう意味だ？」

「いや、制服着てるとこしか見たことないし。なんとなくずっと制服で、家にも帰ってない気がしてたんで」

「帰ってるよ。最近はバイトもみんなしっかりしてきてくれて、俺も休めるようになって助かる」

「へぇ……夏休み取れそうなんだ」

「週に一度の夏休みがね」

夏休みじゃない。ただの休みだ。

それもたった週に一日の。

生暖かい風が頬を撫《な》でる。夏の夜の、重く湿度の高い空気。国道沿いの歩道を、倉林は背の高い男に添うようにゆっくりと歩き続けた。

音もなく星は瞬《またた》き、喧《やかま》しく虫は鳴く。

カラカラと回り続ける自転車の音は少しだけ間抜けで、何本も街灯を行き過ぎたところで凜生が口を開いた。

「そうだ、店長……星、見に行かないですか」

「唐突だな。なにが、『そうだ』なんだ?」

真っ直《まっす》ぐに前を見たまま凜生は唇を動かす。

「そういえば……なんだかんだいって夏休みにキャンプもしてないし、星も見に行ってないなあと思って。プールなら行ったけど……」

今度はなにが『そういえば』なのか判らない。

「星なら今だって見えてるだろう?」

ただ倉林がそう返すと、「もっとよく見える展望台があるから」と凜生は応《こた》え、食い下がられたことに倉林はなんだかほっとした。行きたい気持ちになっていたのかもしれない。

「ふうん、じゃあ今度行くか?」

『駅前のカラオケボックス、ミホたちと集まってるんだけど、凜生くんに会いたいって。バイト終わったら来れる?』

背中を預けたロッカーが小さく揺れた。

ドーナツ屋の狭いロッカー室で携帯電話を開いた凜生は、画面の文字をじっと見据《みす》えていた。

寧音《ねね》からのメールだ。近くの駅まで来ているらしい。

『悪い。早く終わりそうにないから、また今度な』

送信した瞬間、ロッカー室のドアをノックする音が響いた。

「なんだ、まだ出てなかったのか。俺も着替えるから、ちょっと待ってて」

倉林の姿に、凜生は慌ててロッカー室を出る。並んだロッカーの間は人が擦《す》れ違《ちが》うのがやっとの狭さとはいえ、男同士だ。急ぐ必要もないのに、ネクタイの結び目に手をかけながら入ってきた男の姿に、何故だかうろたえてしまった。

飛び出すようにそのまま店の裏口から出た凜生は、Tシャツにジーンズの私服姿だ。

嘘をついてまで彼女からの誘いを断った。夕方七時でバイトの終わる今日は、同じく早く上がれそうだという倉林と、こないだの約束の展望台へ行く話になっていた。

夏休みにもかかわらず、寧音とは最近あまり会っていない。バイト、バイト。そう言ってデートは延び延びになっている。

こんなことを繰り返していたら、また別れてしまうだろう。

『今度はどんくらい持つかな』

自転車を跨《また》いだ瞬間、皮肉めいた口調でそう言っていた幼馴染みの声がふと甦《よみがえ》る。けれど、帰り支度を済ませて出てきた倉林の声が響くと、あっさり掻《か》き消《け》された。

「上原くん、待たせたね……って、まさか自転車で行くのか？」

「俺、車の免許とかまだ取れねぇし。店長は免許持ってるんですか？」

「ああ……まぁね。けど、こっちに戻ってからずっと乗ってないから、もうペーパー同然かも」

バツが悪そうに男は言い、凜生は感じたことをそのままぽろっと零《こぼ》した。

「へぇ……なんかカッコイイな」

「えっ、ペーパー同然だって言ってるのに？」

「ペーパーでも免許持ってんでしょ」

「そうだけど……」

大きな瞬《まばた》き一つ。意外そうにしたかと思うと、くすくすと倉林は笑い出す。

「なっ、なんで、笑うんすか」

「いや、嬉しいなと思ってさ。免許ってそういえば苦労して取ったけど、人に褒《ほ》められた覚えないし」

変なことを言わなければよかった。

倉林を前にすると、いつもいつも余計なことを言ってしまう。

こないだ急に怒り出したのもそうだ。そんなつもりはなかったのに。ただ自分自身が嫌で、倉林のことばかり考えて振り回されるのをどうにかしたいと思っているところに、あんな風に言われたから――

凛生はむすっとした声を発した。

「……早く後ろ乗れば？」

「いいのか？」

「俺だけ自転車で行くわけいかないだろ」

後ろの荷台に乗った倉林は、男だけあってさすがに重い。凛生がぐぐっとペダルを踏み込むと、前のめるように自転車は進んだ。そのまま右へややふらつきながらカーブし、国道沿いに直進を始める。

「うわ、走ってるよ。自転車乗るの何年振りだろ。結構速いな、店が小さくなってく」

車やバイクみたいにバックミラーがついているわけではないから、凛生に後方の様子は見えない。自転車なんて今更楽しくもない。

けれど、そのはずなのに、今までに感じたことのない高揚感を覚えていた。

交差点を曲がり、今度は左へ左へ。国道を離れた道は次第に細くなり、街灯も民家も少なくなっていく。東の空はまだ宵《よい》の口《くち》とは思えないほど暗かった。

夜の空をキャンバスに、さらにべったりと深い闇色で塗《ぬ》り潰《つぶ》したかのような丘へ。

星だけが流れることもなく、頭上でずっと瞬いていた。

目指す小高い丘は、丘といっても木の生《お》い茂《しげ》ったほぼ山だ。なだらかに見えた道は近づけば結構な坂となり前進を阻《はば》む。二人乗りでは厳しい坂を、凜生は立《た》ち漕《こ》ぎになって上り続けた。息が切れる。膝《ひざ》もガクつく。

「上原くん、降りようか？　限界だろ？」

「だいっ…じょうぶ、すっ」

前に八木沢《やぎさわ》と来たときには、さっさと降ろして後ろから押してもらった。それはそれで楽しかったけれど、今は格好《かっこう》悪いところを見せたくない。子供だと見くびられたくないのかもしれない。

ぐいぐいとペダルを踏み込む。

「あ、もしかして頂上？　わ、星が並んでるみたいだなぁ！」

倉林に似つかわしくない感嘆《かんたん》の声がすぐ耳元で響いて、心臓破りの坂にバクバクいっている鼓動《こどう》がさらに乱れた気がした。

「展望台って、あるのは知ってたけど……こうなってたのか。登ってみると案外高いな」

古びた舗装《ほそう》ブロックの隙間から逞《たくま》しい草が生《は》えたような寂《さび》れた場所だった。自販機や東屋《あずまや》なんて気の利《き》いたものもなく、ひび割れた石造りのベンチが手摺《てすり》の際《きわ》にあるだけだ。おまけに街灯も一つだけ。

けれど、自転車を降り、手摺のほうへ歩み寄ると、眼下の街明かりが足元をぼんやり照らしているような錯覚に捉《とら》われた。

「この街の夜景もなかなかのもんだね」

「東京はこんなもんじゃないでしょ」

「夜景は綺麗かもしれないけど、星はそんなに見えないよ。人多いし、なんか息苦しいし……あんまりいい場所じゃなかったかなぁ」

「じゃあ、なんで上京したんですか？」

「そうだな……いい仕事に就《つ》けると思ってたからかな。君は？　高校卒業したら普通に大学？　バンドマンになって、売れたら昔うちの店で働いてたって言って繁盛《はんじょう》させてやろうとかさ、野望ないわけ？」

ふっと笑った倉林の言葉の意味が判らない。からかわれたとしか思えず、凜生はむすりとした調子で応える。

「なんすか、それ。今時バンドマンって……せいぜいプチヒット飛ばして数年で消えるのがオチでしょ」

「うわ、嫌な高校生だな。らしいけど……そうだ、もの覚えいいのは受験とか就職に生かせるんじゃないか？」

「なんでも覚えられるわけじゃないし」

「そうなのか？　便利なのかそうでないのかよく判らない特技だなぁ。じゃあ、俺の携帯記憶したのも偶然か？」

凜生は一瞬沈黙した。答えたくなかったからじゃない。明確な理由は自分でも判らなかったからだ。

動きを止めた唇や頰を、街の上を抜けてきた温《ぬる》い夜風が撫でる。

「さぁ……妙に隠すから気になってたのかな。つか、なんでアドレス消さないんですか？」

「万が一、電話がかかって来たときに困るだろ」

「言い訳ですね」

「そうかもな」

ぽんと返ってくる倉林の言葉は、用意された答えみたいだった。相変わらず、どこか投げやりでもある。

「やっぱまだ好きなんだ、その男のこと？」

「どうなんだろうねぇ。時々思うんだ、彼は……ドーナツの穴みたいだなって」

「ドーナツの……穴？」

ふざけてでもいるのかと思った。

けど、手摺に凭れて街明かりを臨《のぞ》む倉林の横顔は笑っていない。携帯を眺めているときの、どこか遠くとでも繋《つな》がっているみたいな目だ。

「リングドーナツの穴ってさ、空洞《くうどう》だろ？　でも、見た目は確かにそこに存在してるんだよな。ないはずなのに、絶対ある」

「……それって、なんか哲学的な話？　店長の昔の男とどう関係してんの？」

「記憶って美化《びか》されるだろ。彼との思い出が先行して忘れられないっていうか……ドーナツの輪っかができてるせいで、真ん中の気持ちの部分はもうないのに、存在していると錯覚してる気がするんだ。『恋』に恋してる状態？」

「そんなの、新しい恋愛すれば一発で消えるんじゃないです？」

「はは、若いね」

倉林は苦笑する。

「大人はそうそう恋できるもんじゃないよ。相手がいないなんて、よくある状況だし。君もいつか思い知るかもな。クラスに何十人も恋のできる相手がいて、好みの子を選ぶように恋愛し放題の環境なんて奇跡だったって」

「し放題って……」

そのわりに恋愛にのめり込めない自分はなんなのだろう。

でも、そういえば中学のとき、生徒手帳に女の子の名前を羅列《られつ》している奴がいた。なんだと尋ねたら、好きな子のリストだと言っていた。全員が好きなのか、好きになる予定の順番なのか知らないが、馬鹿だと思った。

馬鹿になれるにも環境が必要なのか。

「でも店長だって出会いがゼロってことはないでしょ。女は全然ダメなんですか？」

「苦手でね」

そんなにあっさり否定していいものかと思うも、面倒臭い女子大生をバイトで見ていると判らなくもない。

「『リンリン』だって男もいるじゃないすか。社員なら副店長とか……」

「妻帯者だよ」

「じゃあ……製造の森山《もりやま》さんとか？」

「彼はうちの店一番の女好き」

「仕上げの田中《たなか》さんは……」

「いい人だけど、そういう目では見ないな。ていうか、俺は職場恋愛する気ないし、だいたい毎日ドーナツ売るのに忙しくて今は……」

「そうだ、俺は？」

手摺に両腕を凭せかけたまま、倉林が顔をこちらに向けた。目を丸くした表情。夜空の星さえ映り込みそうに大きく瞠らせた目に、自分が口にした言葉に気づく。

勢いで今なにを言ったのか。

急にどきどきした。

自転車の坂上り《さかのぼ》よりもずっと、心拍数が上がる。初めて知る類の緊張感で、まるで返事でも待っているかのように凜生は動きを止め、男の顔をまじまじと見つめ返した。

「……はっ」

倉林は薄い肩を揺らしたかと思うと、突然笑い出す。

「ははは」

「て、店長」

「そういうの、君に合ってないな。冗談言いそうにない奴に言われたら、真に受けちゃうだろ？　よかったよ、君が高校生で」

高校生は論外《ろんがい》だから平気……ということか。

フル稼働《かどう》で収縮《しゅうしゅく》を繰り返していた心臓が急速に落ち着きを取り戻し、代わりに鈍い痛みが今度は体を襲った。

今まで覚えたことのない種類の痛みだ。

「なんか……腹、痛いかも？」

ぼそっと呟いた一言に、倉林のほうが焦り顔になった。

「えっ、お腹《なか》？　大丈夫か？　ここ、トイレなんてないけど……」

「いや、平気……たぶん」

腹じゃなく、もっと上のほうな気もする。

そのきゅうきゅうとした感覚は、痛みのくせしてもっと知りたいような、不思議な感覚だった。

「本当に？　平気なのか？」

心配そうに顔を覗き込まれると、鼓動までまたおかしくなってくる。

――どうしてだろう。

倉林を見る度、話す度に感じる疑問や興味は謎かけのようだ。嫌な感じではない。小学校で初めて渡された算数のドリルを開いたときみたいだ。

算数はわくわくした。でも、すぐに嫌いになった。倉林についてはどうだろう。

すぐに興味は尽きてしまうのか。

それとも。

「店長、携帯貸して」

「え……」

「絶対消さねぇから、ちょっとその『ドーナツの穴』のアドレスを触らせてよ」

「触るって……」

訝《いぶか》る男は一瞬不安そうな顔をしたけれど、携帯電話をポケットから取り出し凜生に差し出してきた。

開くと、ぱっと画面だけが明るく光った。暗闇に馴染んだ目には辛《つら》いほどの眩《まぶ》しさに、凜生は目を細めながらも、倉林の気が変わらぬうちにと弄《いじ》り始める。

「ちょっと……」

「……これで、よし」

「よしって、なにやったんだよ。本当に消したりしてないんだろうな?」

「見たくならないようにしてやった」

倉林は慌てた様子で携帯電話を取り戻す。

「『森のくまさんと……ウサギのメヌエット?』」

ただ名称を変えただけだ。

「これって……」

「店長の嫌いなドーナツ。見る気も失《う》せるだろ?」

厄介《やっかい》ものの商品の名に唖然としている倉林に、凜生はちょっとおかしくなって『ははっ』と笑った。

笑いながら、なんだか久しぶりだなと思った。声上げて笑うのも、笑っている自分を心地よく感じるのも。

いつもより少しだけ星の近い場所。凜生は夜空を仰《あお》ぐこともなく、倉林の顔ばかり見て過ごした。

なんでもない夜だけれど、ふとこの夜を一生忘れない気がした。

「……くそ、また掠《かす》れてきた」

事務所の灰色机で書類に向かっていた倉林《くらばやし》は、ボールペンを激しく振りながら破線《はせん》になってしまった文字に悪態《あくたい》をついた。

「ペン、貸しますよ」

タイムカードを押していた男が、背後からひょいと顔を覗《のぞ》かせてくる。

夕方六時前。夜のバイトたちの出勤時刻だ。

夏休み中は早朝勤務の多かった凜生《りお》も、九月に入ると休日以外は夜の勤務に戻った。

高校生なのだから当たり前だ。バイトは一度家に帰ってから来ているらしく、制服姿で出勤することは滅多《めった》にないが、ほんの些細《ささい》なことで『学生』を感じるときがある。

肩に引《ひ》っ提《さ》げたナイロンのショルダーバッグから、凜生は紺色の帆布《はんぷ》のペンケースを取り出した。

「鞄《かばん》から筆箱《ふでばこ》出てくるって、なんか学生っぽいな」

「そりゃ……学生っすから」

ロール状のペンケース。開き見せられた中から黒のボールペンを借りる倉林は、隣に並んだ筆記具に目を止める。

「それ、なに?」

「え……ああ、ただの鉛筆ですよ」

確かに有り触れた六角形の黄色い鉛筆だ。倉林がそれに注目したのは、側面《そくめん》になにか彫《ほ》られていたからだった。

顔を近づけてよく見れば、直径二ミリほどの細かな花の集合体だ。

「なにこれ……君が彫ったのか？」

『鉛筆削《けず》り』。履歴書に書かれていた趣味を思い出したが、まさかと信じられなかった。これは倉林の知る言葉では、鉛筆削りなどではない。彫刻だ。それも、とんでもなく細やかなレリーフ。

「失敗作ですよ。全面透《す》かし彫《ぼ》りにしようと思ったけど、途中で一ヵ所折れたから、削るの止《や》めた」

「……は？　透かし彫り？」

「こういうの。これは木を透かして彫ったやつだけど、芯《しん》だけ残して削って遊んだりするときも……」

もう一本、凜生が取り出して見せた鉛筆は、元が黄色い鉛筆であったことが判らないほど広範囲に彫刻が施《ほどこ》されていた。中の芯だけを残し、内部を完全にくり抜くように彫り巡《めぐ》らされている。

「すごいな」

「ただの暇潰《ひまつぶ》しですよ」

「すごいじゃないか、上原《うえはら》くん！　君って本当に器用なんだな。ほかには？　ほかにもあるのか⁉」

「……もういいでしょ」

褒《ほ》めているのに、凜生は鉛筆をさっとしまい込もうとする。他人に見られるのも、褒められるのも慣れていないらしい。

「いいじゃないか、見せろよ」

しつこく求めたのは、シャイな反応が珍しかったのもある。身を引いて、ペンケースを鞄に押し込む男を追いかけて立ち上がった倉林は、ふと違和感を覚えた。

「あれ……ちょっと待って」

鉛筆のことではない。

見上げた目線の位置だ。

「なんか君、背が伸びてないか？」

「背？　まぁ、成長期だし……」

「成長って、見て判《わか》るくらい違うぞ」

「毎月一センチは伸びてるんで、バイト入ってから三センチくらいは伸びてるんじゃないっすかね」

「三センチって……タケノコ並みの早さだな。なんかすごいな、十七歳って」

元々百八十はあったであろう身長を、どこまで伸ばすつもりなのやら。感心してじっとその高い位置にある顔を見上げると、凜生はついっと顔を背《そむ》けた。

「もう着替えます。六時になるんで」

腕を振り払われて『あっ』となる。

無意識に腕を摑《つか》んでいたことに気づかされた。

凜生は出て行き、倉林は机に戻る。借りたボールペンで書類の続きを記入しようとして、表が暗くなり始めているのを感じた。夏の間、西日に苦しめられた窓は、弱い夕日を磨《す》りガラス越しに通すだけだ。

日が沈むのも早くなるはずだった。

夏どころか、もう九月が終わろうとしている。

店は相変わらずだが、仕事は少し楽になった。夏以降バイトはまだ一人も辞めておらず、なんとか続いてくれている。未《いま》だ店長である自分は煙《けむ》たがられているようで、よく話すようになったのは凜生くらいのものだけれど――

十七歳なんて、意思の疎通《そつう》もまともにできない生き物かと思っていた。

大人と子供。属するグループが違う。互いに必要以上に関わらず、干渉《かんしょう》せず、大人はいい大人の振りをしたがり、子供はときに悪ぶりたがる。

けれど、凜生は何故《なぜ》だか意識的にこちらにこようとしてくれている気がする。

たった一度、仕事帰りに展望台へ行っただけでそう感じているのだろうか。

ボールペンを持つ右手を見る。今時のすらっとした体つきかと思えば、触れた腕は結構しっかり筋肉がついていた。

自転車を漕《こ》いで坂道を上ったときの背中。キッチンで見かけるのも、黙々《もくもく》と働く後ろ姿であることが多い。

ドーナツを仕上げるには無駄に手足の長い後ろ姿。器用なはずなのに、エプロンの腰のリボンは、よく縦《たて》結びになっている。帽子を被《かぶ》った頭は小さく、首が長い。すっとしたうなじに栗色の髪がかかっている。

最近、自分は凜生をよく見ている気がする。

じっと見つめていると、心拍数が上がったりするんじゃないかと少し不安になった。

――あんなことを言うからだ。

『俺は?』

高校生が恋愛対象になるはずがない。

けれど、絶対にないとは言い切れない。倉林は根っからの同性愛者だ。一度も女性に惹《ひ》かれたことはなく、最初に好きになったのは、中学の担任の教師だった。

基本、年上が好きなんだと思う。

そのことに、今はなんだかほっとしている。

「……なんの心配してんだよ」

倉林は制服の胸ポケットを探ると、携帯電話を取り出した。

開いて目にするアドレス帳の名前は、あの夜凜生が変更した『森くま』のままだ。長過ぎて画面からはみ出し途切《とぎ》れているが、その文字を見ると自然と笑いが込み上げてくる。

携帯電話を開き見る理由が、いつの間にか違ってきていた。眉間《みけん》に皺《しわ》寄せて見つめていた画面に、今の倉林は肩の力が抜ける。

一人きりの事務所だからと、ふふっと笑おうとしたそのときだ。

手の中の携帯が音を立てた。

「……び、びっくりした」

久しぶりに鳴った気のする携帯電話。画面をスクロールする文字に目を疑った。

『森のくまさんとウサギのメヌエット』

着信メロディと共に右から左へと流れる文字の意味するところが、一瞬判らなかった。

頭が真っ白になる。

倉林は携帯電話を恐々《こわごわ》と耳に押し当てた。

『……由和《よしかず》？　俺だけど、久しぶり』

リング。ふかふかのリング。

はちみつ、粉糖《ふんとう》、レモン水。右のボールにハニーグレーズ。

ホワイトチョコレート、苺《いちご》ジャム、ミルク、ドライベリー少々。左のボールにはストロベリーコーティングチョコレート。

仕上げはグラニュー糖とフラワーシュガー。スプリンクル、スプリンクル、バランスよく。

一面の揚《あ》げたての『輪っか』を前に、両手を指揮者のように動かしながら、二種のドーナツを左右で同時に仕上げていく凜生は無心だった。

脈絡《みゃくらく》もなく脳裏《のうり》に声が降ってくるまでは。

『すごいじゃないか、上原くん！』

いきなり思い起こされた倉林の声に、凜生はびくりと肩を弾《はず》ませ、『わっ』となって手にしていたフラワーシュガーのボトルをひっくり返す。

色とりどりの砂糖の花が、ぱっとキッチンの作業台に散らばった。

「う、上原くん、大丈夫？」

隣で生クリームをドーナツに絞《しぼ》り入《い》れていた田中《たなか》の驚いた顔に、『すみません』と小さくぺこりと頭を下げる。

――ちょっと褒められたくらいでなんだ。

動揺した。

今も、言われた瞬間も。

鉛筆削りは凜生の趣味だが、積極的に人に見せることはあまりない。

『うわ、凜生くんって案外ネクラなとこあるんだねぇ』

開口一番、そう言ったのはいつの彼女だったか。たぶん中学三年生の頃、家に遊びに来た彼女だ。実際、凜生は派手なのは外見ばかりで、趣味はインドアで根暗《ねくら》なところがある。

よく言えば凝り性《こしょう》か。当初普通に鉛筆を削ろうとしてなんとなく始めた細工は、年数を経《へ》て複雑で緻密《ちみつ》なものとなっていった。

ストレートな褒め言葉は耳にこそばゆい。

さっき触れられた手の感触が腕に残っている気がして、凜生は散らばしたフラワーシュガーを片づけながら、ぶるっと身を震わせた。

べつに触れられたことが不快だったわけでも、特別な意味があったわけでもないのに。

高校生は守備範囲外。展望台でそう教え込まされた。自分も恋愛対象の内と知って意識するならともかく、対象外と知って気になるのはどういう了見《りょうけん》だろう。

服越しにもなんとなく指の細さが判る手だった。

思考は堂々巡り。作業の手は止まるか鈍《にぶ》るかのどちらかに陥《おちい》りがちになり、凜生は田中に具合でも悪いのかと心配された。

仕事終わりは、閉店時間のいつもの十一時過ぎだ。

着替える前に事務所に寄ると、一人いた倉林に呼び止められた。

「あの、上原くん、ちょっといいかな」

並んでタイムカードを押すほかの社員が怪訝《けげん》そうにするも、『シフトの件で』と倉林が切り出せば、『お先に』と言い残してみんな帰って行った。

「店長、なんすか？」

自分で引き留めたくせして、倉林はこちらを見ようとしない。パソコン画面を見据《みす》えたままだ。

「それが……電話がかかってきたんだ、『森くま』から」

なにを告げられたのか本気で判らなかった。

「……は？」

「だから、『森のくまさんとウサギのメヌエット』からだよ」

目線で傍《かたわ》らの携帯電話を示され、ようやく理解する。

「……園田《そのだ》って奴から電話がかかってきたってこと？」

「今度、休暇を取ってしばらくこっちに帰って来るらしくてね。まぁ、実家だから今までも盆《ぼん》暮《く》れには帰ってたんだろうけど……それで、せっかくだから久しぶりに会わないかってさ」

「『せっかく』って……なんの『せっかく』だよ」

「さぁ、なんだろうね」

騙《だま》して自分から振ったも同然の男。平然と電話を寄こしてくる神経にも呆《あき》れたが、惚《とぼ》けたような倉林の反応も解《げ》せない。

「それで、のこのこ会いに行くつもりなんすか?」

「断ったよ、一応。けど、昔っから調子のいい男でさ、なんか元恋人っていうより、昔馴染《なじ》みって感じのノリで言われると、頑《かたく》なに拒《こば》むのも変に意識し過ぎてる気がして嫌だなって」

言い訳に聞こえた。

会いたい気持ちを正当化させるための言い訳。

凜生は知っている。

まだ倉林が時々携帯電話を眺めていることを。

前よりずっと、優しい目で見つめていた。横顔は口元が笑っているようにさえ見えた。結局、名前を変えたぐらいでは、倉林の気持ちはなにも変わらないのだと、なんだか落ち込んだ。

どこまで『ドーナツの輪』とやらを美化《びか》させるつもりなのだろう。

本当にその中心は空洞《くうどう》なのか。

結局、忘れられないいんじゃないかと思う度《たび》、何故か腹が立つ。

苛々《いらいら》する。

「そいつと、いつ会うんですか?」

「再来週《さらいしゅう》の土曜日。最初は金曜って言われたんだけど、仕事だって言ったら、いつが休みなんだって……俺に合わせるって」

「……へぇ、よっぽど会いたがってるんだ。それで俺になんで……」

「君も一緒に来てくれないか」

「え？」

「土曜日のシフト、休みにできるならだけど」

まさか本当に『シフトの件』に話が行き着くとは思わず、凛生はその理由にも目を剝《む》いた。

「こんなこと、君に頼むのはどうかしてると思う。でも、ほかに頼める人間もいなくて……俺の恋人の振りをしてほしいんだ」


昔から強気な男だった。

そこが園田の魅力でもあった。

再会して交際を始めたときもそうだ。酔っ払いの戯言《ざれごと》と慎重になろうとする倉林に、『付き合ってくれないなら、ここから飛び降りてやる』と橋の上で両手を広げて言った。

自信に満ちたニヤけ顔を差っ引いても、飛び降りないのは判っていた。でもそんなハッタリを言ってのける強《したた》かさも嫌いではなかったし、せがまれたのを言い訳に、『付き合う』と即答することもできた。

自分は、決断を誰かのせいにしたかったのかもしれない。

そして——今も一人では自信を持てないでいる。

「上原くん、ここで待っててくれればいいから」

月は十月に変わり、午後の和《うら》らかな日差しがカフェの窓辺を照らしていた。

土曜日。倉林は凜生と一緒に街のカフェにいた。ターミナル駅に隣接《りんせつ》したファッションビルの一階に位置する店だ。

園田も自分に新しい相手がいるとなったら、変な気は起こさないだろう。

「本当に一緒に行かなくていいんですか？」

駅前の広場で約束をしている園田とは、一人で会うつもりだった。

「ここに居てくれれば大丈夫だよ。話がややこしくなりそうだし……それに、いくらその格好《かっこう》でも君は随分《ずいぶん》若く見えると思うから」

高校生の中では大人びたほうでも、社会人にはさすがに見えない。服も落ち着いたものは持っていないと言うので、倉林がシャツとジャケットを貸した。

子供扱いを嫌ってか、凜生はいつも年齢の絡《から》む話になると、少し不服そうに眉根《まゆね》を寄せる。

「……そうすね、じゃあ待ってます」

「上原くん、ありがとう。本当に迷惑かけてしまって」

「べつに迷惑とか……」

「ああ、来たみたいだ」

　倉林は表に出る。

妙な姦計《かんけい》を巡らせているせいか、三年ぶりの再会という意味でのドキドキはまるでなかった。

園田には、メールで事情を話している。広場のモニュメント前のベンチに腰かけた男は、軽く溜め息をついたのち、『それで、おまえの恋人って奴はどこ?』とぞんざいに言い放った。

凜生はカフェの窓辺でコーヒーを飲んでいた。表情まで窺《うかが》える距離じゃないが、こっちを気にしているのが判る。

ベンチに並び座ることもなく傍らに突っ立ったままの倉林を、園田が仰《あお》いだ。

「あんまり考えてなかったな、おまえに新しい恋人ができてるなんて」

「もう三年ですからね、状況もいろいろ変わりますよ」

「意外だよ、おまえが若い男とはね」

高校生とバレたかと思った。

けれど、続いた言葉に胸を撫で下ろす。

「仕事はなにやってる奴なんだ?」

「園田さんが知る必要ないです」

「冷たいな……けどまぁ、それもそうか。じゃあ、俺とおまえの話をしようか」

恋人の存在に動揺した様子はない。もしかして、本当に昔馴染みというだけで会いたがったのかも……と思い始めるほど、園田の構えは極自然《ごくしぜん》だ。

三年前と変わらない。誰に対しても不遜《ふそん》なところのある男は、にっと場違いな笑みを浮かべる。

「実はさ、休みって言ったけど、本当は仕事辞めたんだ」

「えっ……」

「今、有休消化中。ああ、そんな顔する必要はないない。転職先はもう決まってるんだ。いい条件で声かけてくれるところがあってさ、思い切って飛びついたってわけ」

園田は反応を楽しむかのごとく一呼吸置いて続けた。

「それとな、離婚の話も進んでる」

倉林はただ言葉を失った。

「びっくりしただろ？　べつに転職決めたからってわけじゃないんだけどさぁ。こっちも三年でいろいろ状況変わってんだよ」

驚かなかったと言えば嘘だ。けれど、その驚きは離婚そのものではなく、何故誇《ほこ》らしげに自分に語るのかということだった。

「夫婦生活って思ったより重くてな……仮面被《かぶ》っていい夫ぶるのも限界感じたっていうか。女の依存心《いぞんしん》とか、ベタっとしたところが苦手なんだよな。俺はどうやらヘテロにはなり切れそうもない」

「なり切れ……って、子供はどうするんですか?」

「子供は可愛いよ? でも、子供は母親といるのが一番だ。俺と一緒にいたって幸せにはなれない」

口ぶりにぞっとした。

思わず、飛び出した唸《うな》るような自分の声にも。

「……よく言いますね。子供のためだなんて言い訳なの、自分でも判ってるんでしょう? 自分が可愛いから、都合に合わせて切り捨てようとしているくせに。それを、あんたはまたっ……」

自分のときもそうだった。

嘘をついていたのは、自分のためだったと言った。傷つけたくないから、真実を隠そうとしたのだと、本当はただ自分自身のために言わなかっただけのくせして——

「ははっ、由和も言うようになったなぁ。けど……いいよ、子供の話は。説教受ける気はない。俺とおまえの話をするんじゃなかったか?」

「……話って?」

「判ってるんだろう? 俺はおまえとやり直したい」

秋の色に染まり始めた陽光が、遮《さえぎ》るものもない頭上から降《ふ》り注《そそ》ぐ。いつの間にか熱の遠退《とおの》いた光。白く白く。男の黒いはずの髪までもを白く反射させ、倉林の目を差す。

まるで橋の上で両手を広げ見せたときと同じだった。自信に満ちて笑う男。けれど、あのときのようにその強さに心が引っ張り動かされることはない。

ただ、『やっぱり』とだけ思った。

「由和、こないだ電話にすぐ出てくれたよな?」

「たまたま電話を使ってたからです」

「俺だって知ってて出たんだろ? おまえのことだからさ、アドレス消したり、電話番号変えたりはしてないと思ってたんだ」

「判ったような口利《き》かないでくださいよ」

「そう言われてもなぁ、判ってるし。俺は忘れられてないってさ。おまえは冷めたようなこと言っても情が深いから、一度気を許した奴のこと、そうそう見限れないよ?」

かつて恋したはずの男を、倉林はただじっと見返した。

園田はカフェのほうを顎《あご》でしゃくり、皮肉っぽく笑う。

「なぁ、あいつにも情が芽生えちゃった? やっぱり、直接三人で話をしたほうがよくないか?」

「なにも彼に伝える必要はないです。もう俺が園田さんと付き合うことはないですから」

やっぱりそうだった。

目の前にあるのはドーナツの穴。自分が忘れられずに思い続けていたものは、ただの虚空《こくう》だったのだとようやく理解した。

「じゃあ、なんで今日ここに来たの？」

「それは……あんたが昔馴染みみたいな顔して誘うから……」

「甘いなぁ。それって、もう俺をだいぶ許しちゃってるじゃん。嫌いだったら会わないだろ？　怒ってても会わない。おまえは半分もう俺を許してるんだよ。いや、六割？　七割かな……」

自分はそんなに弱々しく映るのだろうか。どうしてそんなに自信満々で追い詰めようとしてくるのか。

笑う男から一歩退《しりぞ》く。

大きな手が伸びてきた。

「ちょっと、触らなっ……」

「その人に触らないでもらえますか」

すぐ背後で響いた声に、心臓が止まるかと思った。

振り返ると、秋の日差しに栗色の髪を輝かせた男が冷ややかな目をして立っていた。

「上原く……」

驚いたのは園田も一緒だったに違いない。

けれど、すぐにくつくつと笑い出す。

「おやまぁ、若い若いと思ったけど、本っ当に若いな。社会人じゃないだろ、学生……君、年はいくつ？」

「哲明《てつあき》さん！」

「由和、こんなガキたらしこんでおまえ、どうしようっての？」

「哲明さんっ、やめてくださ……」

咄嗟《とっさ》に昔のように男の名を呼ぶ倉林は、鋭い声にびくりとなった。

「……うるせぇな、オヤジはすっ込んでろよ！」

振り仰ぎ見た凜生は、射抜《いぬ》くような強い眼差《まなざ》しで園田を見ていた。

「もうおまえの出る幕ねぇんだよ、この人は今は俺に夢中なんだからさ」

手が。

背後から回された長い腕が、自分に絡みつく。引き寄せる腕に倉林はよろめき、その体に身を預けながらも、なにが起きたのかと信じ難《がた》かった。

キラキラする明るい色の髪が、こめかみを滑《すべ》ってくすぐったい。肌に押しつけられた柔らかな熱に慄《おのの》いた。

唇の感触。

首筋に受けたキス。

「ちょっ……」

食らいつくようにかぷっと歯を立てられ、ひくっと喉《のど》を鳴らした。揺れる体を拘束《こうそく》する腕は緩《ゆる》まないどころか一層《いっそう》強くなる。自分のものだとでも主張するような行為に、倉林は目を瞠らせた。

園田だけではない。駅前を行き交う人の視線。狼狽《ろうばい》しつつも、覗き込んだ顔と目が合うと、裏っ返しにしたみたいに心は変化した。

「……凜生」

衝動的に名を呼んだ。

唇が降ってくる。

自分を抱き留める男が施したキスに、倉林は応《こた》えようと陽だまりの中で自ら身を伸《の》び上《あ》がらせた。


「変なことに付き合わせて悪かったね」

ガタン。レールのポイントの切り替えで電車は大きく揺れ、倉林はまた思い出したように口にした。

けれど、まともな応えがないのはもう判っている。何度か言葉を変え、言い回しを変えて言ってみたものの、帰りの電車で隣に並び立つ凜生はほとんどなにも応えず、よくて生返事の頷きを返すだけだ。

機嫌が悪いのも当然か。

――あんなことまでさせるつもりはなかった。

往来《おうらい》でキス。男とキス。自分がよほど困ってでもいるように見えたのか。

置き去りにして帰ってきた園田は驚いていた。

もうさすがによりを戻せるなんて考えないだろう。あんな心底度肝《どぎも》を抜かれたような顔、一度だって見たことがない。キスそのものよりも、自分が受け止めたことにびっくりしたのかもしれない。

倉林は逃げなかった。避《さ》けようともあの瞬間思わず、極《ごく》自然にキスを受け入れていた。

「あのさ……どうしてあんなことしたんだ?」

凜生は応えない。倉林は質問を変えた。

「なんで店から出てきたんだ?」

「……あんたがヤバそうな感じがしたから。なんか言い争ってたし……俺、出て行かないほうがよかったですか?」

「そんなことはないよ。でも……本当に悪かった、ごめんな?」

謝ると凜生はまた沈黙した。

その頭で考えていることが判らない。知りたいと思う一方で、知るのは怖いような気もする。

電車を降りると、並んで徒歩で十分もかからない家へと向かった。この辺りはローカル線の田舎だから、駅から少し離れればもう空気も景色も落ち着く。高い建物はすぐに姿を消し、見慣れた山々の稜線《りょうせん》を臨む場所に、倉林の家は立っていた。

国道から一歩入った、旧家《きゅうか》の建ち並ぶ地域だ。と言っても小じんまりとした一軒家で、父親が健在《けんざい》の頃には自慢だった樹木《じゅもく》の茂《しげ》る庭も、手入れを怠《おこた》り今はただの鬱蒼《うっそう》とした緑の壁になり果てている。

「えっと、お茶ぐらい飲んで帰るだろう？　コーヒーでいいかな？　あっ、そうだなにか取ろうか？　こんな時間だしお腹ペコペコなんじゃ……」

凛生を家に入れると、妙な緊張感が漂《ただよ》った。

人を招くのは久しぶりだ。でも、そんなことが理由じゃないのも判っている。

午前中着替えのために呼んだときには、覚えなかった感覚だ。

「上原くん？」

ソファに畳《たた》んで置いた服を前に、凛生は着替え始めていたが、上着を脱いだところで動きを止めた。

貸したベージュのジャケットをじっと見つめたかと思うと、ぽつりと言う。

「俺、やっぱ、そんなに若く見えるんですかね」

園田が笑ったことを気に病《や》んでいるのかもしれない。

「と、年相応なだけだよ。いや、同年代の中だと君は大人びて見えるだろうし、けして子供っぽいなんてことは……」

「今日、なんで俺を連れて行ったの？」

「え？」

「あんた、旧友っぽく誘われたからって言ってたけど……あいつの言ってたとおりだ。嫌いなら、それでも跳《は》ね退《の》けたはずだ」

「それは……」

好きとか嫌いじゃない。

ただ、確かめてみたかった。自分のずっと抱《かか》えている感情がなんなのか。

「たしかに……園田さんに一度会ってみたい気持ちがあったのは認めるよ。でも……」

続けようとした言葉は途切れた。

突っ立つ倉林の視界は、突然上下に揺れた。詰め寄るように迫《せま》られ、思わずソファに腰を落とした倉林は、自分を見下ろす男を驚いて仰いだ。

「やっぱ、あんたまだあいつに気があんの？」

「あ、あったらあんな風に突《つ》っ撥《ぱ》ねたりしないだろ。君のおかげで哲明さんも納得してくれて……」

「あいつのこと名前で呼ぶなよ！」

「あ……べ、べつに深い意味はない」

他意はない。ただ昔ずっとそう呼んでいたから、ふとした拍子《ひょうし》に出てしまうだけだ。

立ち上がろうとしてできない。両肩に置かれた手が重くそれを阻《はば》み、自分を見る凜生の眼差しも言葉も軽い気持ちで言っているようには見えない。

「さっき、あんた俺の名前呼んでくれた」

「え……」

「なんか、わかんねぇけど……嬉しかった。なんで知ってんの、俺の名前」

充分声の届く距離なのに、凜生は身を屈《かが》めてくる。

「そ、そりゃあ……履歴書受け取ってるし……」

「呼べるくらい覚えてるもんなの？」

「……変わった名前だから、すぐ覚えたよ」

「変わってるかな、そんなに。わりと普通だと思ってたけど」

なんとなく、頭の中ではずっと呼んでいた気がする。最初の頃は悪態混じりに。

それから後は——

「なっ、なに？」

近づいてくる顔にどきりとなった。

「……もう、終わりですか？」

「な…にが？」

「恋人の振り」

押し殺したような低い声だ。

息遣いさえ伝わってくる。

語る男の唇はすぐそこにあって、身を縮《ちぢ》めても背後《はいご》に逃《に》げ退《の》く余裕などなくて、このままだと唇が触れ合うと思った瞬間、ぎゅっと強く押し当てられた。

触れるのは二度目の唇。

「ちょっ、ちょっとっ！」

「もっとしたい」

「う、上原く……」

「あんたの恋人の振り……なんでかな。あんな奴と付き合ってたのかと思うと、すげぇムカついた」

ぎしっと音が鳴る。古いソファのスプリングの音。自分が身を捩《よじ》ったせいだと思ったら、それだけじゃなかった。

膝を乗り上げてきた凛生の重みが、ソファを軋《きし》ませていた。

「あんな奴にも、俺は劣《おと》るって言うんですか？」

「劣る…って？」

「だってそうでしょ、あんたっ……高校生は恋愛対象じゃないって！」

まるで拗《す》ねてでもいるみたいな言葉。意味が判らないと思った。これも年代の格差かなにかなのか。

だって、それじゃあまるで――自分のことを好きみたいだ。

「かっ、からかわないでくれないか…っ……」

かわそうとした。だってこんなのは、信じたらどうなるか判らない。

迫る身に圧迫《あっぱく》され、あっという間にソファに転がされる。倉林は両手を出した。押し退けようと胸を突き、凜生は一瞬引いたものの、その手が邪魔だというように手首を引っ掴まれた。

「いっ、痛い…っ……」

抵抗を封じられ、頭上に両手を押さえ込まれた倉林は、怯《おび》えたように胸を喘《あえ》がせながら凜生を仰ぐ。

怖い。けれど、嫌悪感はなかった。ただ心臓が壊れそうにドキドキと鳴り、ずっと静まり返った海のように波風も立たずにいた心は大きくうねった。

ふと園田のことを思い出した。

遥か以前、偶然東京で再会したあの日。意気投合《とうごう》して立ち寄った居酒屋のカウンターで、懐《なつ》かしい姿に胸が高鳴って落ち着かなかったこと。

――いや、違う。

思い出したのは園田ではない。

似ているのは、あのとき覚えた恋の始まりだ。

「あ……」

降りた唇が軽く触れた。

「……嫌ですか?」

「上原くん……」

「俺のこと……嫌?」

見下ろす苦しげな眼差しに意識を奪《うば》われる。顔を寄せられると、熱でも移ってくるみたいに頬が熱くなった。

キス。唇は触れては離れ、また戻ってくる。

「んん…っ……」

ぎゅっと強く押しつけられると、息を継《つ》ぐタイミングが判らなくなった。まるで小さな空間に閉じ込められたみたいに息が苦しい。酸欠《さんけつ》に胸が喘いで、ひくひくと体が波打つ。

まだ逃げ退こうとしていると思ったのか、頭上の手をソファに強く押しつけられた。

ようやく解放される頃には、頭はよく回らなくなっていた。

「……はぁ…っ…はぁ……」

ぼうっとすぐ間近にある顔を仰ぐ。ただ綺麗だと思った。華やいでるのにいつもむすりとした顔も、キラキラ光る栗色の髪も、それから少し濡れて充血した唇も。

貸したシャツはやはり窮屈《きゅうくつ》らしく、凜生は首元のボタンを外している。数年もすれば社会人になり、この首に園田みたいにネクタイを回すのだろう。

きっとスーツはよく似合う。

無理矢理のキスを受けながら、ぼんやりそんなことを考えた。

自分は、この状況を嫌がってはいないのだと知る。

「……んんっ」

再び視界が閉ざされ、ぬるっと潜《もぐ》り込《こ》んできた舌に、おずおずと自《みずか》ら舌を差し出して触れてみた。濡れた舌を絡《から》め合う艶《なま》めかしい行為に、意識は一層《いっそう》散漫になり、合間に走った刺激に倉林は身を震わせる。

シャツの上を彷徨《さまよ》う指。なにかを探し求める指先は、やがてそこへと行き着き、ぷくっと小さく尖《とが》った胸の粒《つぶ》を布越しに引《ひ》っ掻《か》く。

「……あっ……」

「ダメ……逆らったら、ダメだから……」

懇願《こんがん》するように言う凜生は、手首を縛《いまし》める手をいつの間にか離していた。

そんな言葉、なんの強制力もない。

けれど、倉林は動けなかった。

宥《なだ》めるようなキスを施しながら、凜生はそれに触れた。たくし上げたシャツの中へと侵入し

た手で摘《つ》まんだ乳首を一層尖らせ、指の腹でやんわり転がしては弄《もてあそ》ぶ。

「……っ、う……」

倉林は唇を噛《か》み、上がりそうになる息を殺した。

不満そうな声が頭上から注《そそ》がれる。

「……エロい顔しないんですか?」

「え……」

「店長のエロい顔……見たい」

もっと。そうせがむように動く手が、するっと下肢《かし》へと降り、倉林は腰を捩ったものの形ばかりの抵抗だった。服の上から中心をぎゅっぎゅっと遠慮なく揉《も》み込《こ》まれ、高めさせられては一溜《ひとた》まりもない。

「ふ…あっ……」

「……勃《た》ってきた」

ひくんと体が揺れた。ファスナーを下ろす音に覚えたのは、なんだか泣きそうなくらいの動揺で。

「……ひ…ぅっ……」

声を上げまいとしても、直《じか》に握り込まれたら我慢なんてできなかった。爆《は》ぜるように溢《あふ》れた快感に、眦《まなじり》に涙が浮いてくる。

「ココ、こうするの……好き?」

「知って…るだろ、同じ…っ…男、なんだから」

からかわれているとしか思えない言葉に、倉林は精一杯の虚勢《きょせい》で返したが、凜生は笑ってなどいなかった。真剣な眼差しだ。

「俺のと、なんか違う」

「え……」

「……あんたの、可愛い」

「かわっ……て……」

尖端《せんたん》を撫でた指がぬるりと滑《すべ》り、息を詰める。

「なんかすごい……ぴくぴくしてるし、色も……綺麗だし、なんか全然……」

感嘆《かんたん》したように言う男の言葉にぐらぐらする。

頭が熱い。体が熱い。凜生の視線のせいだ。どうにかなってしまいそうで逃げたいと思うのに、一度感じ始めた体はどんどん駄目になっていく。

「あっ……」

倉林は思わず上体を浮かせた。ぎゅっと凜生の体に取《と》り縋《すが》り、背に回した手でしがみつく。滑りそうになる手で懸命にシャツを握り込むと、摑まる身の狭間《はざま》で性器を弄《いじ》られ、くちゅりとあられもない音が響き始めた。

「……店長、いい？　感じる？」

肩口に埋《うず》めた頭を引《ひ》き剝《は》がされそうになり、嫌だと首を振る。

「……やだ、見られたくない」

「見なかったら……逃げないで感じてくれる？」

「……や…っ、ぁっ……」

根元から尖端へ向けて包んだ手で扱《しご》かれ、ぶるっと腰が震えた。

こんなこと、凜生は本当にしたがっているんだろうか。一回りも年上のバイト先の店長。同性が乱れる姿なんて、本来喜ぶ男とは思えない。

自分を抑《おさ》えようとする考えは頭に芽生《めば》えるけれど、どれもよく纏《まと》まらないまま霧散《むさん》する。

止まらない快感が膨《ふく》れ上《あ》がる。

「あっ……い……」

イク、そう思った。

もう限界だ。手に力が籠《こも》らない。しっかりと摑んでいるはずの男のシャツは、皺《しわ》だけを残して倉林の手から離れ、体はずるずるとソファに沈み込む。

高まる射精感に、その瞬間のことしか考えられなくなっていた。倉林は緩《ゆる》く目蓋《まぶた》を落とし、中心に与えられる快感だけを追った。

性器が溶けてしまいそうに気持ちいい。ゆるゆるのクリームにでもなったみたいに、凜生の手の中で蕩《とろ》けて濡れて、おかしいくらい感じる。

「うっ……ふっ、ふぁっ……」

半開きの唇からは、吐息と意味をなさない上擦《うわず》る声だけが零《こぼ》れる。

ふと目を開けると、凜生がそんな自分を見下ろしているのに気づいた。

「見な…いって言った…のにっ……あぁっ、やぁ……」

ひくひくと体は小刻《こきざ》みに波打つように揺れ続けた。感じて止まらなくなっている。ソファの座面に後頭部を擦《こす》りつけて喉《のど》を反《そ》らせ、小さく喘ぎながら倉林は無意識に腰を揺すった。

「あっ、あっ……いや…いや……」

「……なにが、嫌なんだよ……あんた、もうこんな……すげ、感じてるくせに」

「……出る、も…っ」

「え……?」

驚いたような反応に羞恥《しゅうち》を覚えた。

自分で激しく煽《あお》っているくせに、男が男の手であっさり射精するなんて、凜生は思っていなかったのかもしれない。

「……やっ…いく、イクっ、も…うっ……」

堪《こら》え切《き》れず、びゅっと零れた熱い飛沫《しぶき》が凜生の手を濡らした。

久しぶりのまともな射精だった。毎日仕事でくたびれ果てるばかりで、最近は自慰《じい》すらめっきりしなくなっていた。

「すご……もう、イッちゃったんだ……」

「きみがっ……君がするから…っ……」

「感じやすいんだ……由和さん」

不意に名前を呼ばれ、びくりとなる。

ぐずぐずと鼻を鳴らしながら、倉林は問い返した。

「……名前、なん…で覚えてるんだ?」

「なんでだろ……判んない。覚えたかったから……かな」

「覚えたかったって……えっ……」

倉林は濡れた目を見開いた。

ぐいと足を抱えられたかと思うと、衣服を脱がされる。『嫌だ』と狼狽《ろうばい》する合間にも、ずるずると服は下着ごと足から抜き取られ、狭いソファの上で尻まで剝《む》き出《だ》しになった。

「……知りたがってた。俺、いっつもあんたのこと」

「う、上原くんっ、まっ…待ってまさか……」

濡れた男の指を狭間で感じた。凜生は膝を畳んで腰を掲《かか》げさせ、最奥《さいおう》の隠れた場所をぬるつく指で探ってくる。

「ひ…ぁっ……ちょっ…と……」

「ねぇ、由和さん……男同士ってどうやったら抱ける？　どうやったら、ココ入れられるんだよ」

「あっ……まっ……」

「俺も……挿《い》れたい。あんた、あいつに何回も挿れさせたんだよな？　俺も挿れたい」

『挿れたい』と凜生はなんども繰り返した。

生暖かい感触。解き放った精液をなすりつけられ、指先でこじ開けられる。

「やっ……ああっ……！」

ずくっと押し込まれた長い指に、倉林は戦慄《わなな》いて身を震わせた。

「指、入った……けど、狭いな」

そこを前にした凜生は、初めてなのかと錯覚《さっかく》するほど余裕がない。まるでほかのことなど見えていないというように、がっついてくる。

そんなはずはないだろうと思った。初めてだなんて、いくら無愛想《ぶあいそう》でもこんなに綺麗な男がモテないわけがない。彼女なんて何人もいただろうし、セックスなんて何度でも――

考えると痛んだ。

チクっと、胸が。

「……え…はら、くんっ……きみ、君は……こういう経験、ないの？　女の子とでもっ」

「経験って……なんで？」

「なんか余裕……ないから」

倉林には言葉を選ぶ余裕がなくて、案《あん》の定《じょう》頭上の男はむっと表情を変える。

「あるよ、セックスくらい。けど……」

「けど、なに？」

「なんか……わかんねぇ。判んないけど、男は初めてだからかな……あんたの体とか、顔見てると……たまんなくなる」

「あっ、ちょっと待っ……」

言葉は奪《うば》われたも同然になった。

身を穿《うが》つ指が動き出す。

「やっ、や…めっ、まだっ……」

体がついていかない。

心も、まだ置いてけぼりになっている。

「あんたのそういうとこ見てると、ぞくぞくする。興奮するんだ、俺……なんでだろ」

『はぁっ』と凜生は大きく息をついた。二度も三度も熱く乱れる息をつきながら、倉林を見つめ、倉林の体を弄った。

「んぁ…っ……」

指をぐっと深く穿たれる度《たび》に、倉林はくぐもる悲鳴のような声を上げる。

「いやっ、嫌だ……やっ……」

自然と零れる声。本当に嫌なのか、そうじゃないのか判らない。ぐっぐっと指を押し込まれては、ずるっと抜き出される度に零れる泣き声は甘えているようでもあり、止めたいのに止まらない。

「……やだ、なん…でっ……」

恥ずかしくて、死にそうに羞恥でいっぱいなのに、でも自分は本気で拒《こば》もうとはしていなかった。あの長い指、器用にいつもドーナツを仕上げていくあの指で触れられているかと思うと堪らなくなる。

「くそっ、狭いな……どうやったら、いいんだよ」

もうずっと、長い間誰とも繋がっていない。心まで閉ざしてしまったかのように、過去の恋だけ見ていた倉林の体はなかなか開こうとはせず、焦《じ》れた凜生は指を抜き出し、両足を抱え込んできた。

ベルトを外し、衣服を寛《くつろ》げる音が聞こえた。

「まだ、無理…っ……」

宛《あて》がわれて感じたのは、引き裂かれる不安。

けれど、凜生はそうしなかった。無理矢理突き入れて来ようとはせず、すんでのところで滾《たぎ》る欲望を抑え、熱の塊《かたまり》を狭間に行き交わせる。

慣らそうと懸命なのが判った。

「……はぁっ」

気が急《せ》くばかりで、あまり上手くはできないのも。

「はぁっ、くそ……俺も……俺もイキたい。あんたの中で、イキたい」

熱く乱れた息。自分の体を欲して必死になっているまだ若い男に、戸惑いはしても、不安は倉林の内からいつの間にかなくなっていた。

「……凜生」

極自然に倉林はそう呼んでいた。

その背に両手を回し、抱え込むように抱き締める。凜生を受け入れようと、そこが綻《ほころ》ぶのが判った。

濡れた切《き》っ先《さき》を包もうとじわりと口を開け——その瞬間、熱い飛沫が注《そそ》がれた。

「あっ、くそ…っ……」

「凜生……?」

「……なんだよっ、もう……」

どろりとしたものが狭間を伝った。

凜生は項垂《うなだ》れ、『はぁはぁ』と荒い息をつく。挿れる手前で唐突に達してしまったのだと、倉林にも判った。

両肘《りょうひじ》をソファにつき、傍らに突っ伏すように伏せた男の顔を覗き込む。

赤い顔をしていた。倉林と同じように頬は興奮に火照《ほて》っていて、揺れる綺麗な眸《ひとみ》は濡れて光るほど潤《うる》んでいた。今にもその縁《ふち》から涙が零れるんじゃないかと思うほどに。

「……凜生」

「由和さん……」

「べつに……べつに挿れなくたっていいだろ、セックスってそれだけじゃないし」

そんな言葉が自然と溢《こぼ》れた。

倉林は手を伸ばした。湿った男の眦《まなじり》を親指の腹で拭い、そのままこめかみへと滑らせる。梳《す》き上《あ》げて撫でた髪は想像どおり、さらさらと指どおりがよかった。

引き寄せて施したのは軽いキス。

落ち込んでいる凜生を宥めるように回した手で、その体を抱いた。自分に身を預けてくる男を受け止め、見慣れた天井をぼんやり見上げ、そして倉林は思った。

――どうしよう。


格好《かっこう》悪かった。

一昨日《おととい》の自分は最低で、とにかく格好悪くて最悪だった。

放課後。教室の窓の外は、早くも夕焼け色に染まり始めていた。空に広がるひつじ雲はただじっとしていて流れることもない。まだざわついた教室の中で、窓に目を向ける余裕もなく凜《り》生《お》が荷物を鞄《かばん》に突っ込んでいると、八木沢《やぎさわ》が丸い目をして声をかけてきた。

「凜生、なに慌ててんだ?」

「今日、バイトなんだ」

「バイトって、いつもの『リンリン』だろ? 今更急ぐことあるのかよ」

「まぁ、ちょっと」

「おまえ、バイトバイトって、夏休みからこっちずっとそうだな」

不満そうな幼馴染《おさななじ》みの声に、凜生は一瞬顔を起こして見た。

けれど、学校は普段どおりで、友人関係も変わりない。バイトを始めてから放課後を一緒に過ごす時間はめっきり減ったが、元々八木沢も塾だのなんだのと忙しい身だ。

「凜生、おまえバイトやりたくないんじゃなかったのかよ? ちゃんと連絡とかしてるのか、その……彼女とか……」

「はっくん、悪い。今日は急いでるんだ」

凜生は言葉を遮《さえぎ》った。『また今度な』と言い残しはしたものの、反応も見ずに教室を飛び出す。

昨日もバイトは休みだったから、出勤は三日ぶり、倉林《くらばやし》に会うのは二日ぶりだ。

土曜は最悪だった。

セックスは未遂に終わった。

あんなにも自分から誰かを求めたことはない。どうしても、どうしても、倉林に触れたいと思った。

結果、みっともない姿を晒《さら》した。凜生は激しく落ち込むと同時に、慰《なぐさ》められ優しくされた瞬間を思い出すと堪《たま》らなくなる。

髪の間を通り抜けた、男にしては細い指。

重なり合った唇で覚えた、柔らかな感触。

思い出しただけで、胸がまだざわつく。

早く、早く。気持ちが先走り、一旦帰宅して制服を着替えた後も、凜生はいつもより早く家を出た。自転車に跨《また が》り、国道沿いの『リンリン』へと向かう。回る車輪の音は、スピードに乗って軋《きし》むように高くなる。

でも、倉林と会ってどうしたいのか。

謝りたいのか。あの日はショックのままに、ろくに会話もせず呆然《ぼうぜん》と帰ってしまった。

けれど、詫《わ》びなんて楽しい行為ではないはずなのに、馬鹿みたいに気持ちが昂《たかぶ》っている。

『リンリン』に自転車を停め、いつものように裏口から入ろうとして不可解な高揚《こうよう》の謎は解けた。

数十センチほど開いた事務所の窓。窓際の席に倉林がいた。小首を傾《かし》げ気味に頬杖《ほおづえ》をつき、書類に向かっている男の後ろ姿を見ると、凜生の心臓の鼓動《こどう》はピークに達した。

——会いたい。

なにか目的があるわけじゃない。ただ倉林に会いたくて、この二日間自分は落ち着かずにいたのだと判った。

慌てて制服に着替え、事務所に入る。

「よ、よしか……店長、おはようございます」

事務所には珍しくほかの男性社員もいた。名前を呼びそうになるのを慌てて直して声をかけると、倉林はこちらにちらと目線を向けただけで応《こた》えた。

「おはよう、上原《うえはら》くん」

色気もそっけもない。

ぷしゅっと気持ちが萎《しぼ》む。風船から空気でも抜けたみたいに、凜生は拍子《ひょうし》抜《ぬ》けしつつも、職場だし、一人じゃないのだしと気を取り直してタイムカードを押した。

月曜の店は普段どおりだった。淡々と仕事も時間も進み、倉林は時折キッチンやカウンターの様子を見に来たものの、話しかけてくることもなく事務所に戻って行く。

凜生から再び声をかけたのは帰り際だ。

「おつかれさまです」

事務所の倉林からは、「おつかれさま」とオウム返しの反応だけはすぐに返ってきて、凜生はどう言葉を続けたらいいか判らずもたもたとタイムカードを押した。

「あの……」

「ああ、ドーナツなら毎回確認しなくても大丈夫だから。好きに持って帰っていいよ」

倉林はパソコン画面を見つめたままそう応えた。

ドーナツの袋なんて手にしていない。いつもはもらうドーナツのことも、今はすっかり忘れていた。

こちらを見てもいない男。声音が優しくとも、故意《こい》に素《そ》っ気《け》なくされているのだと気づかされる。

かける言葉が浮かばない。タイムカードを押しにほかのバイトたちもやって来て、凜生は後ろ髪引かれながらも店を出た。

空には、ひつじ雲の代わりに星が瞬《またた》いている。

素直に帰ることはできなかった。

自販機の陰で、帰っていくバイトや社員をやり過ごす。数日前までなんともなかったはずの自販機は、明かりが切れかけチカチカと煩《わずら》わしく点滅《てんめつ》していたけれど、ほかに身を潜《ひそ》める場所もない。凜生はじりじりした気分で倉林を待った。

出てきたのは、皆が帰り終えて十五分ほど経《た》ってからだった。

疲れた表情だ。地面を見つめて俯《うつむ》き、こちらへと歩いてくる。自販機の前を通り過ぎる間際、溜め息を一つついた男に凜生はぼそっと声をかけた。

「なんで急に無視すんですか?」

倉林は心臓でも止まるんじゃないかというほど、驚いた顔でこっちを見た。

「上原くん……」

「待ち伏せとかして、すみません。けど、なんか怒ってるんだと思って……俺があんなことしたからですか?」

倉林は受け入れてくれたのだと思っていた。

少なくとも途中からは拒《こば》まれていなかったし、最後は優しくしてもくれた。

でも勝手な思い込みだったのか。

急に距離を置かれる理由が判らない。

「嫌だったんなら、謝る。てか、謝ってすむことじゃないけど……怒ってんなら、はっきりそう言ってください」

「お、怒ってないよ」

倉林は自分を見ていた。無視されなかったことに、とりあえず安堵《あんど》したのは一瞬で、じっと見つめ返せば再び俯《うつむ》いて目を逸《そ》らす。

表情の窺《うかが》えなくなった倉林は、凜生の予想だにしない言葉を続けた。

「あれは……俺のせいだよ。君をあんなことに付き合わせたりしたから、それで君もきっと変な気を起こして……」

「あんなって、園田《そのだ》って奴のこと？」

駅前の広場で、倉林の昔の男を前にしたとき苛立《いらだ》ちを覚えた。言い争っている様子が気がかりで堪らず、店を出て近づいた自分の耳に届いた最低な男の声は、水が一気に沸騰《ふっとう》するかのように怒りに我を失わせた。

同情でも協力でもない。

ただ自分がしたかったから、そうした。

こんな男に倉林を自由にさせたくないと思った。渡したくないと感じた。

抱き締めたのも、キスをしたのも、すべて自《みずか》ら望んだ行為。園田を諦めさせるのに成功した後も、凜生の中で求める気持ちは燻《くすぶ》っていて、倉林の家でそれは噴《ふ》き零《こぼ》れた。

誰に仕向けられたのでもない。

ただ自分で望んだ――

「……関係ないよ。あんな奴のこと。触りたいと思ったから……俺があんたに。だからそうしただけだ」

たどたどしい言葉ながらも告げると、倉林が顔を起こす。視線がぶつかり合えば、その眸《ひとみ》はまるで衝撃でも受けたみたいに揺らいだ。

「じゃあ……君がそうしたくなった理由はなんだっていうの？」

「え、理由って……」

「聞いてない」

凜生は話していなかった。

肝心《かんじん》のこと。ただ一つの理由を。

「あ……好きだからだよ」

するっと言葉は飛び出す。倉林も息を飲んだが、凜生自身も驚いていた。

好き。

そうだ、好きだからだ。

倉林のことがいつも気になってならないのも、忘れられずにいる男の存在にムカつくのも、その男がロクデモナイ奴だと知って許せなくなったのも。

そして、奪《うば》うように触れたがったのも。

すべては、今更明確にするのも滑稽《こっけい》なほどにただ一つの方向を示している。

これは恋であると。

「……なんか、急に取ってつけたみたいな言い方だな」

目を瞠《みは》らせた凜生の前で、倉林が体を揺らした。『ははっ』と乾いた笑いを零し、つまらない軽口でも聞いたような反応を見せる。

「あ、ちがっ、そんないいかげんなつもりじゃなくて……自分でもよく判ってなかったっていうかっ、だから言いそびれて……」

「いいよ、べつに。俺も本気で理由を知りたいと思ったわけじゃないし。土曜のことは気にしてないって言っただろう?」

「気にしてないって……どうでもいいってこと? 俺のことはどうでも……やっぱ、あんた、まだあいつが気になるのかよ?」

一歩前に出ようとして、傍《かたわ》らに停めた自転車を倒しそうになった。倉林が苦笑した気がしたけれど、笑われることさえ、どうでもいいと感じるほどに答えが気になる。

「彼のことは、もうなんとも思ってないよ。君のおかげだ。実際会ってみたら、やっぱり昔の気持ちとは違ってて……俺は過去の恋に恋してたんだって、やっと踏ん切りついたよ」

「じゃあ、なんで? なんで、俺を無視すんの? 俺はダメってこと? 俺がヘタクソだったから? あんな無茶苦茶して呆れるのは判るけど……俺は嫌い?」

「嫌いじゃないよ、君を嫌いじゃないし、いろいろ気づかせてくれて感謝もしてる。ただ……」

固唾《かたず》を飲み、凛生は倉林を見つめた。

壊れた自販機の点滅する落ち着きない明かりに、チカチカと照らし出される白い顔。

二日前、何度も触れたはずの唇が言った。

「ごめん、俺はそういう意味で君を好きではないから」

好きじゃないと言われたら、どうしたらいいのだろう。

好きじゃないと言われたら、諦《あきら》めるしかないのか。

好きじゃないと言われたら――

自転車を走らせる間、ずっとそんな言葉が頭を巡《めぐ》っていた。

まるで八方塞《はっぽうふさ》がりに追い込まれたゲームだ。

家に辿《たど》り着《つ》き、自転車を停めて玄関に向かうと、凜生が鍵を出さなくともやっぱり母親がドアを開けて出迎える。

「凜生、おかえりなさい」

「ただいま」

以前のように、遅くなった理由を詰問《きつもん》されないだけでもマシなのか。母親が言いたい気持ちを抑《おさ》えているのだろうと思うと、それも素直に喜べない。けれど、今日はそれすら深く考える余裕もないまま靴を脱いだ。

玄関から廊下、キッチンへ。靴箱の上の花や、傘立《かさた》ての傘の順序に目を向けもせずに、凜生は家の中へと入って行った。ただ、喉《のど》だけがひどく渇《かわ》いていた。

生理的な欲求にキッチンへと直行した凜生は、グラスに浄水器《じょうすいき》の水を注《つ》ごうとして、シンクの端に寄せられたものに気がつく。

今朝も昨日も目にしたはずのないもの。

記憶と違うもの。

割れたティーカップだった。

野イチゴの花や実が可憐《かれん》に描かれたカップ。少女趣味なところのある母親のお気に入りのカップで、普段は居間の飾棚《かざりだな》から出てくることもない。

「これ……」

無残《むざん》に割れた陶磁器《とうじき》を目線で指すと、背後について来ていた母親は気まずそうな声を発した。

「ああ……それね。落として割れてしまったの」

「誰か来たの？」

「凜生は知らない人よ。でも、小さい頃会ったことがあるかしら……春山《はるやま》さんって方なんだけど、昔この近所に住んでた人で、また星住《ほしずみ》に越してくることになったそうなの」

「昔……」

昔と言われて思い出すのは、小学生のときの忌《い》まわしい記憶だ。微笑《ほほえ》んで話す母の顔が、なにかを繕《つくろ》おうとしているように映《うつ》った。

たぶん笑っても沈黙しても、どうやっても自分は逐一《ちくいち》母を疑ってしまうのだろう。

煩《わずら》わしい。

母でなく、疑う自分が。

「そうだ凜生、お土産《みやげ》にケーキをいただいたのよ。生菓子だし、せっかくだから今食べない？」

「いいよ、こんな時間に」

「でも、あなたいつもバイトのお店のドーナツは夜食にしてるじゃない」

「いいって言ってんだろ！」

きつい口調に母親の表情は強張《こわば》る。ショックを受けた顔をされると、二人だけの家の空気も瞬時に冷凍庫に放り込まれたみたいに凍った気がした。

「そんな顔すんなよ。俺が悪いみたいだ」

「凜生？　お母さんはただあなたともっと話がしたいと思って……なにか悪いことした？」

「……なんでもないよ。悪い、バイトで疲れてんだ、今日」

噛《か》みしめそうになった唇を動かし、無理矢理言い訳した。それ以上、言えるわけがない。言ってはいけない。

忘れてしまえればいいのに。母は淋しくて疲れていたのだ。ちゃんとそう思うのに、記憶なんて多過ぎてもろくなことがない。

「おやすみ、母さん」

階段を上る。

やっぱり、今日も後悔だ。

優しくできたらいいのに。

優しく優しく。そうしたら後悔は覚えずにすむだろうか。

自室に入った凛生は机に向かった。苛々するとき、気持ちが落ち着かずにそわそわするとき、ふと鉛筆を削《けず》りたくなる。倉林が電話を眺めるのと同じようなものかもしれない。

それなりに楽しんでいるつもりだけれど、実は現実逃避《とうひ》でしかない気もする。

机の中のカッターナイフと鉛筆を取り出す。

「あ……」

着替えもせず身につけたままのナイロンパーカーのポケットの中で、ちょうど携帯電話が揺れた。一瞬倉林からかと思った。でも、そんなはずはない。またシフトでも間違えない限り、倉林は電話をしてきそうにない。

電話は寧音《ねね》からだった。

もうずっと会っておらず、いつの間にか連絡も途絶《とだ》えていたから驚いた。

『凛生くん?　久しぶり、どうしてるかと思って』

「あ……うん、久しぶりだな。元気してたか?」

同じクラスではないと言っても、廊下で見かけるくらいはある。いつも友達とべったりの彼女は一人ではなかったけれど、夏休み後も手を小さく振り合ったりはしていた。

けれど、先月の終わり頃、彼女がすっと目を逸《そ》らしたことがあった。以来、廊下で見かけても、見知らぬ他人のようにお互い目を合わさなくなった。

『元気だけど……塾に通うの決まったからちょっと忙しいよ。凜生くんもまだバイト忙しいんでしょ？』

「あ……まぁ、あんまり変わってないかな。塾って……」

『どこの？』と尋ねたけれど、本当に興味があるわけではない。察したように彼女は適当に言葉を濁《にご》し、弾《はず》まない会話のまま切り出してきた。

『凜生くん、今日は聞いておきたいことがあって電話したの』

「なに？」

『私たち、まだ付き合ってる？』

身構えていたのに、凜生は返事に戸惑った。

「……付き合ってるとは言えないと思う」

『そうだね……判ってたけど、中途半端が嫌だったから電話したんだ。デート楽しかったし、凜生くん寧音の話もよく聞いてくれたけど……でもさ、私のこと好きじゃなかったよね？』

問われて初めて、半端《はんぱ》にしてはいけなかったのだと知った。廊下で目を背《そむ》けられ、自然消《しょう》滅《めつ》になったのはお互い様だと思っていたけれど、あのときどこかほっとしたのは自分だけだったのだとも。

「俺は……ごめん、おまえのこと嫌いじゃないけど、好きとは言えなかった」

本当は告白されたときにちゃんと伝えるべき言葉だった。恋がよく判らないのを言い訳に曖《あい》味《まい》にしていた。恋がよく判らないからと、彼女の気持ちもどうせ軽いものだと勝手に決めつけていた。

『判った』と寧音は応え、電話は終わった。

「あ……」

携帯を机に置こうとして気がついた。

自分の寧音への返事は、まるきり倉林から突きつけられた言葉と同じだ。

——好きじゃないと言われたら、どうしたらいい？

悩むまでもなく、答えはもう導《みちび》かれてしまっていた。

倉林は、夜は家の門扉《もんぴ》を潜《くぐ》る手前で上着のポケットの鍵を探る。

ぐるりと家を囲《かこ》む厚い垣根《かきね》の茂みは、高い壁となって路地の街灯の明かりを遮《さえぎ》ってしまうため、鍵は表で用意しておくに限る。玄関灯《げんかんとう》はもう長い間電球が切れたままだ。父が死んで一人暮らしになってから、替えるのも億劫《おっくう》になった。どうせ自分以外は誰も帰らない家だ。

暗い玄関前で慣れた手つきで鍵穴に鍵を突っ込みながら、自然と溜め息をつく。

別段哀しいことがあったわけじゃない。今日も一日ドーナツを売《う》り捌《さば》いていただけだ。あとは帰り際に職場の高校生のバイトに告白された。

大した事件だ。

でも、本当は知っていた。

言葉は確かになかったけれど、二日前抱かれている最中にだって気がついていた。なのに、そんなはずはないと思い込もうとした。

認めるのは怖かったから。

無難に距離を置こうと思ったのに、クールそうに見えて若くて考えなしの高校生は、思い立ったが吉日とばかりに向かってくる。

そうだ、高校生だ。

「……十七歳なんだよなぁ」

真っ暗な家に入り、パチパチと明かりを点《つ》けていく倉林は、居間のソファに腰を落とす。黒《くろ》革《かわ》のソファは冷やりとしていて、土曜のことなど遠い過去……まるきりなかったかのようだ。

がむしゃらに求められたのも、キスをされたのも、その唇や手に触れられてドキドキしてしまったのも。

乱れる鼓動に、恋を意識したのも。

一回り年の離れた未成年を受け入れるのを、倉林の心は良しとしない。他人に問われたら、倫理観《りんりかん》を理由に挙げるかもしれないけれど、実際はとてもエゴイスティックな理由だ。

――そんなもの、すぐ駄目になるに決まっている。

エゴというより弱さ。臆病者《おくびょうもの》だからだ。

恋に対して、後ろを向くのに慣れ過ぎた。過去の想いを勝手に美化して、振り返っては眺め、そんなことを三年も繰り返してきたツケかもしれない。

前を向くだけすら困難で、『新しい恋をすればいい』と展望台で言われても、取りつく島なく否定したような自分なのに、凛生に好かれても素直に浮かれたりはできない。

ただの好奇心だなんて軽《かろ》んじるつもりはないけれど、十七歳と二十九歳では時間の流れが違う。なにしろ向こうは身長だって、植物みたいにするする伸びてしまえる年頃だ。失う瞬間はきっとすぐに訪《おとず》れる。

三年も一所《ひとところ》で停滞していられたような自分とは違う。

「すぐに気が変わるに決まってる」

足元のカーペットを見つめて吐露《とろ》する。まるでナイフで抉《えぐ》ったみたいに胸が痛んだ。

自分の言葉にさえ傷つくのに、恋がまだ始まっていないとするには無理がある。自分が認めなくとも、恋は勝手にやってきて心に住みつく。そういうものだ。

そういうものだったと思い出した。

——好きと言われたら、どうしたらいい？

返事はもうしたのに、覚えた疑問は宙に浮いたまま。倉林はふと思いついて、上着のポケットから携帯電話を取り出した。

最近見る度に顔の筋肉が緩《ゆる》んで仕方のなかった登録アドレス。『森くま』を表示すると、リストからメニューを選んだ。

『削除《さくじょ》しますか？』

ボタンを押す瞬間、倉林は一瞬息を詰めた。けれどそれだけだった。

あっけない。

プッシュ一つでアドレスは消えた。

でも。消したのは園田のアドレスなのに、自分が消してしまったのはもっとほかの大事なものだった。


澄んだ空気と星空が自慢の田舎町は、秋が深まるのも早い。

十月下旬の早朝、近隣の山の頂《いただき》はうっすらと白いものを被《かぶ》り、テレビでは初雪の情報が流れた。市街地にはまだ雪がちらつく気配がなくとも、秋から冬へと季節が移り変わろうとしているのを感じる。

土曜日、凜生《りお》は夏休みのように朝からバイトに入った。早朝のバイトは好きだ。ドーナツをたくさん作れる。バイトも四ヵ月ともなると、もう誰も凜生の仕上げ作業に関心を持たないものの、純粋に作るのは好きだった。

けれど、早朝からの仕事は夕方には終わる。

「ありがとう、あとは僕がやっておくよ」

ピンク色のリングの並んだトレーを、カウンターのケースに入れに行こうとすると、接客を手伝っていた倉林《くらばやし》が受け取った。

「もう上がる時間だろう、上原《うえはら》くん？」

「あ、まぁ……『はい』」

微笑《ほほえ》まれて返す言葉がない。エプロンの結び目を解《ほど》きながらロッカー室に向かう凜生に、『おつかれさま』と声をかける倉林はいつもどおりだ。

ぎこちなさは抜け、素《そ》っ気《け》ないというよりも元の店長の顔だった。

好きじゃないと言われてしまったら、どうすればいいのか。

諦《あきら》めるしかないだろう。自分が寧音《ねね》に言った言葉を思えば、結論はおのずとそうなる。倉林を困らせたいわけじゃない。

着替えをすませて表で自転車に跨《またが》った凜生は、店の前を通り過ぎる間際、店内で働く倉林の姿を見た。状況に応じて率先《そっせん》して働く男は、客が去ったばかりのテーブルを拭《ふ》いていた。ダスターを動かすのに合わせて、揺れるブラウンのネクタイ。俯《うつむ》いた横顔を隠す、少し伸びた前髪。

凜生の目は、一瞬で焼きつけるように記憶する。

振り払おうと前を向く。

真《ま》っ直《す》ぐに家へは帰らず、国道沿いのショッピングセンターに寄った。鉛筆を買うつもりだった。もちろん削《けず》るためだ。

芯《しん》も軸材《じくざい》も、硬《かた》過ぎても柔らか過ぎても削り難《にく》い。鉛筆は硬度《こうど》によって芯《しん》の太さも違い、彫《ちょう》刻《こく》を芯に施《ほどこ》すならある程度の太さも必要になる。凜生はその時々によって削る鉛筆を変えていたが、今日は芯が柔らかく太い6Bを手に取った。

暇潰《ひまつぶ》しで始めた『鉛筆削り』は、近頃本数が増えた。

最初は軸の部分を木彫《きぼ》りの要領《ようりょう》で彫っていたけれど、芯のみを素材に彫刻を施すこともできるとインターネットで知ってからは、それも試してみるようになった。

帰宅した凜生は夕飯の後、自室に籠《こも》る。母親は普通に高校生らしくゲームにでも嵌《はま》っていてくれたほうがいいと思っていそうだが、ゲームをするより落ち着くのだからしょうがない。

鉛筆を削るのが好きなわけではなく、無心になにかをするのが好きなのかもしれないと最近は思う。

明日は日曜でバイトもないから時間はいくらでもある。

机に向かう凜生は、買ってきた新品の黄色い塗装《とそう》の鉛筆を、カッターでザクザクと削った。柔らかな軸材は見る間に削《そ》がれていき、黒い芯が棒状に剝《む》き出《だ》しになっていく。

下絵も見本もない。一センチほど露出《ろしゅつ》させるとデザインナイフに道具を変え、凜生は感覚だけを頼りに芯を彫り始めた。幅《はば》三ミリ半ほどの立体彫刻。文字に動植物、慣れれば様々なものを彫れるようになったが、異常に細かな作業には違いない。

『すごいじゃないか！』

事務所で倉林に言われた言葉を思い出した。あれはでき損《そこ》ないの木彫りだった。あんなものでも褒《ほ》めてくれるなら、『鉛筆彫刻』ならもっと褒めてくれるだろうか。芯に施す彫刻は、そう呼ばれて国内外にアーティストもいるらしい。

いつもすぐに考えは倉林のことに行き着く。

諦めるどころか、日に日に自分の中で重たくなっている感じがする。

好きだ、好きだ。やっぱり好きだ。

頭の中でもう何回思っただろう。あんまり考え過ぎて、まるで文字がゲシュタルト崩壊《ほうかい》でも起こすみたいに、恋の理由もきっかけも定かではなくなる。

自分は『好き』という想いに捉《とら》われているだけで、本当はもうそれほど想ってはいないのではないか。自分の気持ちもまた、ドーナツの穴になってしまっただけではないか。

なぜなら地球上には馬鹿みたいに人がいて、中でも日本はぎゅうぎゅうに人がいて、星住《ほしずみ》はちょっと人口密度の低い田舎だけれど、学校に行けばそれでも人はたくさんいる。男も女も。百人もいれば、ほかにも心惹《ひ》かれる相手はいるはずだ。倉林に恋したからといって、凜生はそれを否定しない。

でも。

それでも自分は倉林がいいのだ。

——やっぱり好き。

何度考えても、結局その結論に辿《たど》り着《つ》く。

「……はぁっ」

溜め息をつくと、作業マット代わりに敷いた白い下敷きの上の削りカスが舞い上がるように飛んだ。

構わず黒い粉をまた散らしていく。

凛生は鉛筆の芯にリングを彫っていた。ドーナツと同じ真円《しんえん》のリング。細長い円柱《えんちゅう》という芯の構造上、立体的な真円を縦《たて》に並べるように彫るのは難しい。そのリングをさらに繋《つな》げたチェーン状に彫るのはもっと難しい。

穴を刳《く》り抜《ぬ》く作業になると、縫《ぬ》い針《ばり》を使った。思いどおりに彫れるなら道具は問わない。ザリザリともカリカリともつかない微《かす》かな音が響く。倉林の姿が脳裏《のうり》にちらついた。揺れるブラウンのネクタイ。黒い前髪。窓越しに最後に見た横顔はよく窺《うかが》えなかったけれど、もういくつもの表情を覚えている。

店でのくたびれた顔も、一緒に星空を仰《あお》いだときの夜の帳《とばり》に包まれた優しい顔も。

それから、抱いたときのあの顔も。

本当言うとセックスはあんまり好きじゃなかった。自分が下手《へた》だったからに決まっているけれど、昔初めて女の子としたとき痛がられて気持ちが萎《な》えた。相手の顔色を窺うのも億劫《おっくう》で、セックスは『面倒なもの』という位置づけに凜生の中ではなっていた。

なのに倉林のことは欲しくなった。

顔や耳たぶを真っ赤にしてぞくぞくする声で啼《な》く姿を見たら、もっと感じさせてやりたいと思った。

あのとき、たくさん触ればよかった。

服も全部綺麗に脱がせて、思う存分その体も目に焼きつければよかった。その顔も、体も。記憶の深いところへ、全部――

ぱらり。削っていた針の先で、一つリングが継《つ》ぎ目を離れた。

それはもう鉛筆の芯には見えない。チェーンの輪だ。自由に動きながらも、次のリングの穴を通して繋がっている。凜生は二つ目のリングも完成させるべく、先へと進む。

頭は空《から》っぽのようでいて重い。息苦しさを感じるほど意識は狭窄《きょうさく》していて、針の先の小さな世界と倉林のことで満たされる。

こんな風に自分が考えていると知ったら、『好きじゃない』どころか、店長は自分を嫌いになるだろうか。それもいい。いっそ決定的に駄目になってしまえばいい。

大人は時間が早く進むという。倉林にとっては、きっととうに終わったことなのだろう。矢のように過ぎ去ってしまえば、きっとすぐに忘れられる。

でも、自分には無理だ。自分の時間はそう簡単に過ぎてはくれない。倉林に振られてからの一日は一層《いっそう》長く、一時間ですら長く、まるで一瞬が常にコマ送りにでもなり続けているかのように遅々《ちち》として進まない。

重くて、苦しい。飛ぶように過ぎる時間なんて、想像もできない。じりじりとした時間の中で、ただ上手《うま》くいかない恋を思う。

凜生は針の動きを止めた。

二つ目のリングが継ぎ目を離れる。

一つ、二つ。三つ、四つ。黒いドーナツ状のリングがチェーンとなって伸びていく間、ずっと倉林のことを考えていた。

夜が更《ふ》けても、日付が変わっても。

窓のカーテンの隙間から星が消え、薄く薄く、空から色が抜かれたみたいに夜が明けていこうと。

「まぶし……」

カーテンを開けようとして凜生は唸《うな》るような声を上げた。

無意味に徹夜をし、椅子でダウン。腕組みの姿勢のまま気を失うように眠っていた自分に気がつき、焦《あせ》って目を覚ましたところだ。

午前十時過ぎ。凄《すさ》まじい倦怠感《けんたいかん》だ。覗《のぞ》いた窓の外はなにもかも真っ白に見え、なにか乗っかってでもいるかのように目蓋《まぶた》の重い目を凜生はしょぼつかせた。

ベッドで少しちゃんと寝ようと思ったときだ。階段を上がってくる足音とノックが響いた。

「凜生、起きてる?」

「ああ、うん、起きてるけど……」

今目覚めたのではなく、これから寝ようとしているところだ。

言い終えるより先に母がドアを開けて告げた。

「珀虎《はくと》くんが来てるんだけど」

「え?」

こんな朝っぱらから訪《たず》ねてくる理由がない。約束もなしに朝も早くから『遊ぼ〜』なんてやっていたのは、小学生の頃までだ。

母は玄関に向かい、理由が判《わか》らないまま幼馴染《おさななじ》みを出迎える。

「はっくん、どうした急に……」

目の下にクマを作った色の悪い顔ながらも、凜生は快《こころよ》く迎えたのに対し、八木沢の表情は硬《かた》かった。家からふらっと出てきたようなラフな服装の男は、部屋に入ると不服そうな目で凜生を仰《あお》ぐ。

「メール、見てないのか?」

「え……」

「夜、電話もしたんだけど」

「ああ、ごめん、ちょっと……気づいてなかった」

携帯電話はベッドの上の上着の中だ。慌ててポケットから取り出し、メールを確認しようとすれば幼馴染みは不穏《ふおん》な一言を発した。

「凜生、一発殴《なぐ》らせろ」

凜生は硬直した。

「……は？　な、なんで？」

「いいから、殴らせろよ」

「嫌だよ」

なんの冗談かと思いきや、本当に拳《こぶし》が飛んできた。ぶんっと空《くう》を切った握《にぎ》り拳《こぶし》を凜生がかわせたのは、運動神経の賜物《たまもの》ではなく、びっくりして後ろにフラついたからだ。

「はっ、はっくんっ？」

八木沢も人なんて殴ったことがないに違いない。ぶんぶんと繰《く》り出《だ》される拳は、殴りかかるというより、闇雲《やみくも》に腕を振り回しているだけに等しい。

「凜生、逃げんなっ、くそっ！」

六畳《じょう》の狭い部屋を逃げ回る。息を切らせて舌打ちした幼馴染みが机に手を突きそうになり、凜生は『あっ』となった。

机の上には徹夜で彫り終えた鉛筆がある。訳も判らず壊されては堪《たま》らないと、下敷きごとその場から取り上げ、らしくもなく動揺して叫んだ。

「りっ、理由を説明しろよっ！」

八木沢は唇を嚙みしめ、丸い目を吊り上げて睨《にら》み据《す》えてくる。

「昨日塾だった」

「あ、ああ……土曜はいつもそうだっけ」

「新しい塾生がクラスに入ってきてさ」

話が見えない。本当にそれは理由に繫がるのかと疑う凜生に、八木沢は唐突に言った。

「相川寧音《あいかわねね》」

「え……」

「相川が塾に入ってきたんだよ。おまえさ、やっぱ別れたんだってな。つか……酷《ひど》いこと言って、振ったんだって？」

「……そんな話したのか？　おまえと……なんで？」

八木沢が通っている進学塾はこの辺りでは有名で、寧音の親が通わせても不思議ではない。けれど、塾で顔見知りになったくらいで、その日のうちにそんな会話をするとは考えにくい。

八木沢は応《こた》えようとはせず、凜生は質問を変えた。

「……つか、あいつがそう言ったのか？　俺が酷いこと言ったって？」

幼馴染みは首を横に振った。

「いや、ただ振られたって。好きじゃないってきっぱり言われて玉砕《ぎょくさい》だって……なんでだ？　おまえ、長続きしねぇけど、いっつも自然消滅《しょうめつ》だっただろ。なのに、なんであの子にだけ最初から好きでもなかったようなこと言ったりしたんだよ？」

「そう……気づいたから。曖昧《あいまい》にしたら駄目だったって。俺は彼女と付き合うべきじゃなかったんだ」

「今更、なに言ってんだよ。おまえいっつもいいかげんで、来る者拒《こば》まずだったくせして、急になんだよそれ！」

「はっく……珀虎、なんでおまえがそれを怒るんだ？」

問いかけは一周して元に戻ったらしい。

八木沢はまた沈黙した。自分を睨む目が微《かす》かに揺らぎ、ついとその視線は窓辺へと逸《そ》らされる。

「相川とは、去年文化委員で一緒になってんだよ」

ただそれだけの答えだった。

けれど、凛生にはちゃんと判《わか》った。

春先に打ち明けられた話。幼馴染みが、文化委員で一緒になった他クラスの女子を好きになったと話していたこと。

でも、それが寧音だとしたら――

「……言えばよかったよ。相川におまえのこと訊かれたとき、怖い奴だって、『近寄るな』ってさぁ。けどおまえ変なとこあるけど、悪い奴じゃないもんな」

凜生は言葉につかえ、息を飲んだ。

寧音は自分を噂と違うと言っていた。怖くはないとフォローするように言った奴もいたと。夏休み、駅で偶然三人で会ったら気まずそうに話をしなくなった。そんな彼女の態度を自分は嫌がり、そして幼馴染みは脈絡《みゃくらく》もなく電車の中で尋ねてきた。

彼女のことをどれくらい覚えているか。

「凜生、俺が告白したら相川はちゃんと答えてくれたよ？　ほかに好きな人いるからって。おまえだってさ。おまえは付き合えても長続きしないって俺、意地悪言ったけど、それでもいいって。なのになんで……今更、あんな顔させる必要ないだろ！　最初にいいかげんして付き合い始めたんなら、最後まで貫《つらぬ》けよ、くそがっ」

彼女はどんな顔を見せたのか。

今、目にしている幼馴染みはとても苦しげな顔をしている。見たこともない苦い顔をして、聞いたこともない罵声《ばせい》を発する。

「珀虎……ごめん」

思わず一歩前へと出た凜生の手にした下敷きから、六角形の筆記具が転がり落ちた。短くなった黄色い鉛筆。数センチほど黒いリングのチェーンが尖端《せんたん》に伸びた鉛筆は、一晩かけた作品とも言えるもので、大事なものであるはずなのに落ちたことにも気がつかなかった。

カーペットの上にぽとりと落ち、八木沢のほうがそれを目に苦笑した。

「俺に謝ってどうすんだよ」

「謝るよ、彼女にも」

「……やめとけ。もうはっきりさせたんだろ？　相川だって、やっと気持ちの整理ついたから俺に話したかもしれないのに……俺が勝手におまえにムカついてるだけだ」

溜め息を一つつくと、尋ねてくる。

「なんで急におまえ変わったんだ？」

凜生は素直に答えた。

「好きな人ができた」

「は？　おまえに？」

「うん、振られたけど。それで、恋愛は適当にしちゃいけないんだって判った」

八木沢は目を剝いている。何人の女の子と付き合おうと、凜生がけして恋愛をしているわけじゃないことを、誰より身近で知っていたはずだ。

「振られたって……どんなコだよ？」

今まで倉林については、ほとんど話していない。説明上手とは言い難《がた》い凜生が、ぽつぽつと成り行きをどうにか語ると、幼馴染みは腕組みをして応《こた》えた。

「店長って、前に白くてぼんやりとか言ってた奴だろ?」

「それは面接のときで、単に覚えてなかっただけだ」

今となっては、あのときの印象のほうが思い出せない。倉林の輪郭《りんかく》を曖昧にするほうが難しい。

「ふうん、おまえが年上ね。二十九歳って、うちの担任と同い年だぞ? 本当に惚《ほ》れてんのか?」

「うん、好きだ」

「つかさ、べつに振られてないんじゃね?」

「え……」

「だって、普通嫌いな奴の好きにはさせないだろう」

抱こうとしたのをきっかけに恋を自覚したのだと、あっさりと打ち明けた凜生に、少し困惑したような顔で八木沢は言う。

「『嫌いじゃない』と『好きでもない』の間にどれくらいの違いがあるのか判らないけどさぁ、その……エッチは好きだから受け入れるもんだろ? その人は嫌いじゃなければ誰とでもできるような人なのか?」

「しない！　と思う、そんなこと」

「だったら、もう一度訊《き》いてみろよ」

もう一度。

訊いてどうなるだろう。答えが変わらない可能性はきっと高い。けれど、自分もあれから二週間、なにも変われないでいる。

一人で倉林を想う夜は苦しい。

いっそもっと嫌われたほうが楽だと感じるほどに。

凜生はドアへ向かおうとした。

「え、今行くのか？」

驚いた声で突っ込まれ、八木沢は今すぐのつもりで言ったわけではないのだと察する。

「あ、いや……えっと、うん、今行く」

迷いは一瞬で断ち切れた。

踏み出した足に、鈍《にぶ》く嫌な感触を覚える。なにか硬くも柔らかくもあるものが、足の下で粉々に崩《くず》れる感覚。一睡《いっすい》もせずに完成させたものを、自《みず》ら砕《くだ》いて壊したことに凜生は気づいたけれど、もう構わなかった。

「凜生！」

足元も見ないまま部屋を出ようとすると、幼馴染みが呼び止めてきた。

「一応聞いておきたいんだけど、そいつ男だよな?」

昨日よりも今日は風が冷たくなっていた。

まともに眠っていない凜生には、昨日と今日の境は鈍く曖昧で、視界の揺れる街並みは幻にも思えた。

白い光の中、泳ぐように自転車を漕《こ》ぐ。

肌を刺す風の冷たさだけが、現実だと教えてくれる。

もっと強く、強く。

強く風を受けたいのに、ペダルを踏む以外に術《すべ》がない。

国道に出ると緩《ゆる》やかに続く上り勾配《こうばい》に、凜生は顔を歪《ゆが》めて自転車を漕ぎ、その後ろから嘲笑《あざわら》うかのように車が追い越して行った。何台も何台も。びゅんびゅんと容易《たやす》く抜き去っていく。

どんなに心が急いでも、できることの限界はすぐそこに、鼻の先にある自分をカッコ悪いなと思う。そんな風に感じるようになったのは、釣《つ》り合《あ》いも取れない男を好きになってしまったからかもしれないとも。

でも諦めたくない。

駄々《だだ》を捏《こ》ねるなんてガキだと思いつつも、倉林の元へ気持ちが走り出す。

この先に彼がいる。会える。冷たくあしらわれるに違いないと判っていても、会えると思っただけでまた胸はドキドキする。

今日は倉林は休みのはずだった。

家の前に着いた凜生は、電柱の傍《そば》に自転車を停め、高い垣根《かきね》を仰いだ。近づく者をみな拒むかのように深い緑の壁。開いた門扉《もんぴ》から庭に足を踏み入れると、積もるがままの枯れ葉が、ふかふかの絨毯《じゅうたん》になっている。

やや荒れた庭を越え、玄関に辿り着こうとしたところ、前触れもなくカラカラと引き戸が開いた。

薄いコートに袖《そで》を通しながら出てきた男は、目を瞠《みは》らせこっちを見た。

「上原くん……」

「て、店長」

まだ心の準備もできていない。

「どうしたの？」

「えっと……店長こそ、その格好《かっこう》どうしたんですか？」

倉林は店の制服を着ていた。羽織《はお》ったコートのポケットからは、無造作《むぞうさ》に突っ込まれたブラウンのネクタイが尻尾《しっぽ》のように垂《た》れている。

「ああ、人が足りないって連絡が入ってね。バイトが急に休んだらしい」

「え、大変じゃないですか。俺、入りましょうか？」

「いいよ、いつものことだし。それに君、仕上げ以外できないだろ」

「できますよ」

「嘘つけ。接客やらせようもんなら、仏頂面《ぶっちょうづら》で子供泣かせんのがオチだろ」

ふっと和《やわ》らいで苦笑した男は、真《ま》っ直《す》ぐな凜生の眼差《まなざ》しと視線が絡《から》むと、再び表情を硬くした。

「それより、なに？　どうしてここに？」

ゆらゆらと近づいてはまた遠退《とおの》く。まるで倉林も自分との距離を測《はか》りかねているかのようだ。

「こないだの話なんですけど……俺、やっぱりあんたのこと好きだから」

なにも特別な言葉なんて用意してはなかった。ただもう一度伝えずにはいられなくなった気持ちを押しつければ、案《あん》の定《じょう》、倉林は顔だけでなく身も強張《こわば》らせる。

「その話はもう終わっただろう」

「終わってないです。俺のこと、嫌いじゃないってんなら、とりあえず付き合ってみるってのは……ダメっすか？」

「なっ、なに言ってんだよ」

「好きじゃなくてもいいから！　嫌いじゃないならできるでしょ？」

「バカ言うなっ、そんなの好きになったらどうすんだ！」

声を荒げて返され、凜生はきょとんとなった。

倉林は『あっ』と気まずそうに目を逸らす。

「どうって……俺のこと、好きになりたくないんですか？　もしかして、あんたが嫌がってるのって、そういうこと？　俺自身じゃなくて、好きになるのが嫌なの？」

「知らないよ、どっちでも同じことだろ。君とは付き合えない。もう行くから」

玄関の扉を施錠《せじょう》し始めた倉林は覚束《おぼつか》ない手つきだった。その手は震えており、何度か鍵穴に鍵を入れ損《そこ》なう。

俯《うつむ》いて脇《わき》を行き過ぎようとした男の腕を、凜生は引っ摑んだ。

「待って！　待ってよ、俺のこと本当はもう好きなんじゃないんですか？」

強く握り締めた腕は、びくりと弾《はず》んだ気がした。

「店長……由和《よしかず》さん、だからあんときだって、俺の好きにさせたんでしょ？」

「……なんの話？　覚えてない」

「覚えてないって、そんなわけないでしょ。二週間前のことだ！　ここでっ、この家で……」

「君はただのバイトだ!!」

激しく振り払われた手よりも、言葉に驚く。

足元を見つめる倉林は、店の事務所で見かける疲れた横顔にも似た表情で、沈んだ声を発した。

「一時店を手伝ってはくれるけど、短期間で辞めていく。早くて三日、もって一年、学生バイトには俺だって多くは期待しちゃいない。しょうがないさ、学生の本分は勉強と遊びだからな。君も……君だってその一人だよ」

距離があるのは感じていた。年齢も立場も、隣に並んでいるなんて思っちゃいない。けれど、ほかのバイトたちと変わらぬ目で見られるだけなら辛い。

「だったら、俺バイト辞めます」

倉林が自分を仰いだ。

「え……」

「そんな風に思われるだけなら、バイトなんか辞める。そしたら、あんた本当のこと言ってくれる？　俺のこと……」

「はっ、俺を脅《おど》す気かよ」

「おど…す？」

「責任ないからそんなこと……気軽に辞めるなんて言えるんだよ。好きとか嫌いとか、そんな一時の感情で、無責任なこと。そういうところ、やっぱり君は子供だよ」

凜生は言葉を失った。

垣根越しの日差しが揺れる。倉林の眸《ひとみ》に映《うつ》る光もちらちらと揺らいで見えたけれど、動揺する自分の目が落ち着きなく震えたせいなのか判らなかった。

落ち葉が倉林の足元で乾いた音を立てる。

「あ……」

発したのはそんな間抜けな一言。踵《きびす》を返すように門扉へと向かう男は、背を向けたまま一言だけ残した。

「仕事だから、行く」


倉林は判っていた。

取り返しのつかない一言を言ってしまった。

勢いで凜生を傷つけた。臆病《おくびょう》な自分を誤魔化《ごまか》すのに必要な距離を取ろうと、ただ遠ざけたかっただけなのに。

頭がぼんやりする。昨日はよく眠れなかった。深夜まで働いて体はくたくたのはずが、妙に眠りが浅くて風の音にも目を覚ました。

夏のような強さはなくとも眩《まばゆ》い日差しが、国道に出た倉林を包む。

視線の先には真っ直ぐに伸びた道路と、遠い山の頂が見えた。白い雪を被った山頂《さんちょう》を抜け下りてくる風は、後悔にまみれてとぼとぼと歩く体を冷たく打ち据《う す》える。

もっと強く、強く。

強く風を受けたくとも、もうアクセルを踏む勇気はない。自分は早く走る術《すべ》を持っているはずなのに、なにもできない。

なにもかもが億劫で、じっと動かずにいることが最良に思えるようになってしまった。何度脇を過ぎゆく車に追い越され、何度取り残されようと、歯痒《はがゆ》さを覚えることもない。

コートのポケットからだらりと下がったままのネクタイを、倉林は首に回そうとして、ふと嫌気《いやけ》がさしその場に捨てた。文句一つ言わない布切れは、風に吹かれてその場に伸びた。

前を向く。そのまま電柱二つ分ほど歩き続けた。けれど、結局は無視できずに振り返った。アスファルトに伸び、風に震えている茶色の布切れを無言で拾い上げに行く。ネクタイ一つ放置できない倉林は、よれたそれを首に結びつけ店に出勤した。

「店長！　すみません、休みなのにわざわざ！」

事務所で大げさな焦《あせ》り顔で出迎えたのは、副店長の堀井《ほりい》だ。

「家でごろごろしてただけですから」

「誰かほかのバイトを当たってみようかと迷ったんですけど、シフトがおかしくなっても困ると思いまして」

倉林より五つほど年上の副店長は、波風立てるのが嫌いで、面倒はよく自分に押しつけてくる。一方で、温和《おんわ》で優しいと学生バイトたちには評判だ。

「店、手伝ってきます」

すぐに事務所を出て向かえば、製造の人手が足りなくなっており、倉林は手洗いをすませてキッチンに入った。フライヤーを扱うのは久しぶりのはずなのに、そんな感じはしない。

「今作ってるの、ハニーハニーですよね？」

仕込まれた生地《きじ》を受け取り、大きな漏斗《ろうと》がマシンになったようなドーナツカッターに移す。生地はホットケーキほど緩《ゆる》くはないが、崩れないほどの纏《まと》まりはない。手早く正確に。レバーを握り、フライヤーの油に成形《せいけい》された生地をぽんぽんと放り込んでいく作業は、落とすというより打ち込みだ。

揚《あ》げる作業は集中力を要する。やはり動きがなまっていて、最初のうちは焦ったりもしたにもかかわらず、まるで久しぶりの感じがしないのはいつも目にしている光景だからだった。

作業も一時間も過ぎれば、ぷかぷかと並んだリングは半日も数日も、こうして眺めている気さえしてくる。

朝起きて、毎日同じ制服に腕を通し、同じ店に通う。ドーナツは四個までは袋、それ以上は箱に入れる。なにもかもが反復作業。いっそ自分は帰るのを止《や》め、ずっとドーナツ屋にいたらいいのではないか。

望まずとも、そうなるかもしれない。

凛生が店を辞めたら、新しいバイトが決まるまでまた忙しくなるだろう。

考えると、本当に凛生がいなくなるような気がした。

酷《ひど》く傷つけた。ショックを受けた顔をしていた。

好きだと、大した取り柄《とえ》もない自分を好きだと言ってくれたのに——

菜箸《さいばし》のような長い金属の箸で浮かぶドーナツをひっくり返していると、隣から生地を作っている森山《もりやま》に声をかけられた。

「店長、どうしたんですか？」

倉林は油の中のリングを見つめたまま応える。

「べつにどうもしないけど」

「で、でも……それ」

しつこい隣の男を見れば驚いた顔をしていた。

頰《ほお》から顎《あご》にかけて気持ちが悪いのに気がつく。

「あれ……」

顎を伝って、タイルの床にぽつぽつと雫《しずく》が落ちていく。キッチンのフライヤー前は高温だが汗ではない。それは倉林の両目の眦《まなじり》から止まらず伝い落ちていた。

「ど、どうしたんですか⁉」

泣いているのに驚いたというよりも、倉林が自分で気がついていなかったのを気味悪がっている様子だ。

森山の声はカウンターまで届き、レジ前の女子バイトたちまで振り返る。注目され、途端《とたん》に目が覚めたように決まりが悪くなった。

「ああ、ごめん、大丈夫だ。なんでもない」

「なんでもないって、けど……具合でも悪いんじゃないですか？」

「具合？　ははは、具合ならもうずっと悪いね」

ずっと胸がキリキリする。

彼を振ってからだ。あのアドレスを携帯電話から消してしまってから。まるで小さな楽しみすら失ってしまったようで、毎日は希望を失くしたみたいに味気なくなった。店では普通に振《ふる》舞《ま》えるようになっても、家に帰ればまた胸は痛む。

淋しくて、苦しくて。受け入れてしまえば一時でも夢を見ていられたんじゃないかなんて——そんなことまで考えたくせに、また同じことを繰り返してしまった。

「店長、無理しないでください」

「悪い、今のは大げさだったよ。本当、大丈夫だから」

「でも、体調よくないなら帰ってもらったほうが。店はなんとかしますから」

なんとかならないから、呼ばれたのだろう。事務所に籠《こも》っている堀井が、もう少し店内の仕事に協力的ならどうにかなるかもしれないが、あまり期待できそうもない。

「本当にもう平気だから……」

問答《もんどう》の末、押し切ろうとしたところ、カウンターのほうから声がした。

「あの、店長、私たちもできるだけ手伝いますから」

「え？」

思わず訊き返したのも無理はない。

言ったのは、小言をきっかけに陰口《かげぐち》まで叩いていた女子大生バイトの田丸《たまる》だ。

「手伝うの？　君が？」

「だって……店長、具合悪いんでしょ？　前に私、途中で帰らせてもらったこともあるし」

誕生日に彼に振られたと言って泣き出した彼女。今の自分と変わらぬ気持ちだったのかもしれないけれど、自分は理解を示したわけじゃない。

呆れただけだ。子供だと馬鹿にして、同情なんかこれっぽっちも——

「店長、ちゃんとやれますから」


日はまだ高かった。

店を出た倉林は、天を仰ぎ太陽の眩《まぶ》しさに目を細める。周りに説得され、カウンターのケースを満たすに充分なドーナツを揚げ終えると帰ることにした。

まさかバイトに救われる日が来るなんて、思ってもみなかった。けれど、自分の不調は体の具合とはあまり関係がない。根本的《こんぽんてき》にはなにも解決していない。

——とりあえず謝ろう。

帰路《きろ》に着く倉林は、結論づける。勝手なのは判っているけれど、傷つけるような言い方をしたことだけでも詫びようと、コートのポケットから携帯電話を取り出した。

小さな水路《すいろ》にかかった橋を渡り、住宅の集まる脇道《わきみち》へ。車二台が擦れ違うのがやっとの自宅への細い道を歩きながら、どう話を切り出したものか考えあぐね、家に着く間際にようやくボタンをプッシュした。

びくりとなる。

垣根の向こうから、同時にメロディが聞こえてきて驚いた。電柱の脇には停められたままの自転車。はっとなって慌てて入口に回れば、別れたときのまま凜生は玄関前にいた。

「店長……」

軒下《のきした》のコンクリに座って携帯電話を耳に押し当てた男の声は、自分の左手の携帯からも響く。

「上原くん、帰ったんじゃなかったのか?」

「謝ってからと思って。俺、辞めるとか勢いで適当なこと言って、あんた怒らせたから」

「あ、謝るなら俺のほうだろ。君をすぐ辞めていったバイトの子たちと一緒くたにして……」

言葉に詰まった。

最初は辟易《へきえき》したのが嘘のように、凜生はよく働いてくれている。頼りにしている。ほかのバイトと一緒にできるものではないし、そして、必要としているのは仕事の面だけじゃない。

なのに、なにも言えなくなってしまったのは、上手く語れない思いのせいではなかった。

もう二時間近く経っている。自分が家を出てから。薄着でやってきたときの姿のまま、ただ謝りたいと言って待っていた男。

「……やめてくれよ」

倉林は苦しげに言葉を発した。

「なんで待ってんだよ。俺、帰る時間なんて言ってなかっただろ。すぐ終わるわけないし、いつもみたいに閉店までいるかもしれないってのに！」

「けど……店長、今帰ってきてるし」

「偶然だよ！　たまたま、みんなが帰っていいって言ってくれて、それで戻ってきただけだ。なのになんだよ、なんで馬鹿みたいに待ってんの。困るんだって、嫌なんだよ、本当に！　俺は……君を好きになりたくないんだ」

携帯電話を持った手を、だらりと下ろす。俯いたところで、地べたに座ったままの凜生からは表情を隠せない。

「……どうして？」

問いかけは、まるで大きな声を出せば自分が逃げてしまうとでもいうように穏やかだった。

「だって君、高校生じゃないか。まだ十七歳だろ。君が嫌がったって、俺が知らん顔しようとしたって、変わんないよそれは」

「子供は嫌い？」

「嫌いだよ。だって、立ち直れないだろ。未成年なんて好きになって振られたら、大人が絶対痛いに決まってる。君なんか、どうせすぐ俺に飽きるに決まってるのに」

眼前でスニーカーの足先が動く。

凜生が立ち上がる気配に、倉林は判りやすくびくついた。怒るに違いない。そう思って身を固くした倉林の前で、立ち上がって近づいてきた男は小さく笑った。

頭上から、ははっと苦笑する声が響く。

「変なの。俺、嫌いとか子供とか言われるほうが、好かれてるように聞こえてきた」

「え……」

「好きって……すごく好きって、嫌われるのがヤダって言われてるみたい」

「な、なに言ってっ……」

「飽きない。ずっと由和さんのこと、好きでいるって約束する……そしたら俺を好きになってくれる？」

「ばっ、馬鹿、そういうことを簡単に言うのが子供なんだ。考えなしで、今しか見てなくて……」

負けじと言い返す倉林はそろりと顔を起こし、頭上を仰いで息を飲んだ。

どこか嬉しげな目をして自分を見つめている男に、どう反応していいか判らなくなる。

こんなはずじゃなかったのに、すべてを見透かされている。

残るは、バツの悪さを隠すための繕《つくろ》いでしかない。

「だ、だいたい、そこまで言うほど君が惚れる理由が俺には判らない」

苦《くる》し紛《まぎ》れに倉林は問う。

凛生は美辞麗句《びじれいく》を並べるでもなく応えた。

「仕事してるとことか、最初から悪くないって思ってたよ。途中からは、いいなって。みんなが適当やってるのに、あんただけいつも頑張《がんば》ってるから」

「店長だから当たり前だろ。ていうか、一回りも年下の君にそんなこと褒《ほ》められても……責任あるから、いつも店にいるってだけだ。毎日同じことの繰り返しで、そんなのどこの従業員だって……」

「未成年は人を褒めちゃダメなんすか？　当たり前のこと、すごいって思ったらダメなわけ？　なんでも子供扱いして、さっきからもうホント、あんたのほうがずっと子供みたいだな。中身、本当は俺と大して変わらないんじゃねぇの？」

「なっ、なに知った風なこと言って……」

最後まで言えなかった。

またも反論されたからではなく、語る口の動きを封じられたからだ。

二の腕を掴む手。有無《うむ》を言わさず引き寄せられたかと思うと、もう面倒臭《めんどうくさ》いとでも言いたげな凛生に倉林は唇を奪《うば》われていた。

「ちょっ…とっ……！」

我に返り、押《お》し退《の》けようとした倉林の顔のほうが赤かった。至近距離で視線のぶつかり合った男は、どこか余裕さえ滲《にじ》む落ち着きようだ。

「子供は我慢が効かないんでさ」

それから、腕を捕まえる手の力を強くして言った。

「嫌なら突き飛ばせよ。あんときあんたがやらなかったこと、今やって見せて。俺を嫌いだって、今度こそはっきり態度で示して見せてくれよ」

再び重なり合った唇は、先ほどのような不意打ちではなかった。

僅《わず》かに左に傾《かし》いだ顔が近づいてくる。

落とされた目蓋を縁取《ふちど》る睫毛《まつげ》は長い。鼻梁《びりょう》も高くて、キスをしたらぶつかり合ってしまいそうだ。そんな心配が思い浮かぶほど、縮《ちぢ》まる距離はゆっくりで、なにもかもがスローで——避《さ》け切れなかったなんて言い訳は通用しない。

そこまで考えながらも、倉林がしたのは顔を背《そむ》けることではなく、目を閉じることだけだった。

もちろん突き飛ばさなかった。

「えっと……うち、上がるか？」

倉林は引き戸を閉じた玄関で、間抜けな感じに尋ねた。

キャンキャンと吠《ほ》えつく散歩中の犬が飼い主と一緒に通りかかり、二人のキスは中断を余儀《よぎ》なくされた。

犬はたぶん三軒隣のポメラニアンだ。逃げるように家の中に転がり込んだため、姿はよく見えなかったけれど、いつも無駄に元気に吠えているから判る。

扉を閉めると、急に二人きりなのを意識した。しっかりとキスを受け止めてしまい、それはもう『好き』の了承にほかならないのだと、絡み合った視線で気づかされる。

勧めのまま家に上がった凜生を、とりあえず居間に招き入れた。

どうしようと思う間もなく、また引き寄せられる。

「さっきの続き」

「え……」

柔らかく触れ合う唇。

「あ、ちょっと……んっ……」

キスは優しげだけれど、捉《とら》える腕は力強い。抱き込んだままぐいと押され、倉林が腰を落としたのは黒革のソファだ。

「由和さん、今度はちゃんと合意だと思っていいんでしょ?」

「あ……んんっ……」

「俺と付き合ってくれるんだって、ちゃんと思ってもいい?」

「んっ、あ…っ……」

キスの雨を降らされ、答える隙もない。

これじゃあ、会話なんて挟《はさ》めやしない。諦めて口づけだけに没頭《ぼっとう》しようとすれば、凜生は引《ひ》き剝《は》がすように唇を離し、返事がないと不安げな顔をして見つめてくる。

倉林はふっと笑った。苦笑してその首に腕を回し、『うん』と頷いた。

いつか後悔するだろうか。

また流されてしまっているのか。

判らないけれど、もうその情熱を押し戻しようがない。自分自身が、なにより求めたがっている。

キスは心地よさと、少しの敗北感と。

何度も音を立てて唇をぶつけ合った。

柔らかく擦り合わせ、濡れた舌を悪戯《いたずら》に突いて擽《くすぐ》りながら、眸を覗き込んだ凜生は囁きかけてきた。

「俺さ、あんたの顔もたぶん好きだよ」

「た…ぶん?」

「じゃなくて、絶対……だって、いっぱい覚えてるから。睫毛、結構真っ直ぐで長いとか……

目の色、なんかちょっと薄いとか、どうでもいいこと……あんたのことは、たくさん覚えてる。睫毛の本数だって、当てられるかも」

「本数って……なんか、君が言うと冗談に聞こえない」

「本気だよ。好きだから、いくらでも覚えられる」

もう行き場がないのに、もっとと凜生は押してくる。もっと欲しいとねだられて、倉林はソファに転がる。

「あんときこうやってキスしたら、由和さん震えてた。無理矢理キスしたら、目の端《はし》んとこ濡れてきて、『あ、泣かせる』って……俺のこと嫌なのかって思ったけど、触ったら気持ちよさそうで……なんか、どんどんエロくなっていって……」

「い、いいよ、そんなの……思い出さなくていい」

「けど、覚えてる。目がぶわって濡れて光ってて、顔とか感じて真っ赤で、口も……」

「もう、いいってっ！」

うっとりと語られる、堪《た》え難《がた》い思い出話。

断固拒否しようとすれば、凜生はダメ押しのように言った。

「今も、すごく……顔赤くなってる」

言われなくても、判ってる。

頬ならずっと熱い。色づきやすい肌はきっと耳や首だって赤くなり始めていて、思考は唇が触れ合うごとに、緩く熱で溶かされたショートニングのように形が定まらなくなっている。

もう、ちょっと触れられるだけでも感じてしまいそうだ。

唇でも、肌でも——

「あ……んっ……」

圧《の》し掛《か》かってきた体を受け止め、首筋に愛しくて堪らなくなってしまった男の唇を受けた倉林は、呆気《あっけ》なく身を震わせた。

馬鹿みたいに感じやすくなってるのがバレバレだ。

「凜生……」

もういい。なんでもいいから、触れてほしい。敗北感さえ覚える余裕を失くし、その背に両腕を回した倉林は、少し待っておかしなことに気がついた。

「……り、凜生？」

乗っかった体は、重いばかりで動かない。

しつこく揺さぶると、ようやく反応が返ってくる。

「……眠い」

「え？」

「昨日から……寝てなくて、なんか嬉しくてほっとしたら急に眠気が……」

身に顔を埋《うず》めた男はそう言い残し、また動かなくなった。離さないとばかりに、腕だけはしっかりと自分を抱きしめている凜生に、倉林は途方《とほう》に暮れる。

「嘘だろう」

寝息こそ聞こえてこないが、この状況で眠ってしまったのは歴然《れきぜん》としていた。

そういえば、会ったときから今日は変な顔色をしていたかもしれない。

なんだって、そんな状況で自転車飛ばしてやってきたのか。十七歳のやることは、やっぱりよく判らない。

「これって……また未遂ってこと?」

キスだけで寝落ち。前代未聞《ぜんだいみもん》の事態だ。

「凜生、目が覚めてまたイジケても、もう慰《なぐさ》めてやらないからな。ところ構わず寝るなんて、幼児かよって絶対笑ってやる」

呆れて悪態《あくたい》をつくしかできない。

倉林は小言を耳元で響かせながらも、身の上の温かな塊《かたまり》を抱いた。

その広い肩に尖《とが》った顎を載せ、緩く笑《え》んだ。

「……バカ」


ドーナツ屋のキッチンの小さな窓からは、刷毛《はけ》で白く刷《は》いたような高層雲《こうそううん》が、薄青い空に広がっているのが見えていた。

顔を上げることもなく手を動かし続ける凜生は、クッキークランチをたっぷりとまぶしたチョコレートドーナツを、銀色のトレーに並べているところだ。

カウンターから取りに来た倉林が、隣で仕上がりを待ち受けている。

「店長、それで休みなんですけど、次はいつっすか?」

業務と密接しているようで関係ない、至極《しごく》私的な問いに、店長である倉林は素《そ》っ気《け》ない返事を寄こした。

「僕の休みに関係なく、君は自分の取りたい日に取ればいい」

凜生は溜め息をつく。

「まだ根に持ってんですか?」

「なんのことかな」

「……寝落ちですよ、例の」

一週間前、凜生は倉林の家で徹夜と緊張が祟《たた》って爆睡した。居間のソファで……いや、正確には晴れて恋人になれたばかりの年上の男の上でだ。

目が覚めたらソファに仰向《あおむ》けに寝かされていて、夕方近くだった。倉林は夕飯を食べさせてくれたりと優しかったけれど、『寝落ちの続き』に関しては、まるで罰《ばつ》だとばかりにツンツンして受けつけてくれなかった。

「くそ、自分だって寝てたくせに」

倉林もまた、床に座ってソファに凭《もた》れ、凜生に寄り添うように眠っていた。疲れているのだろうと起こさず、じっとその寝顔を眺めて過ごした一時は、凜生にとって結構な至福《しふく》の時間だった。

てっきり甘い関係になれたとばかり思っていたのに。

「上原くん、なにか問題でも？」

「大ありです。休み教えてくれないと合わせられないじゃないですか。それじゃなくても、店長休み少ないのに」

「しょうがないだろう、まだ決められないんだから。みんなのシフトが出揃ってからいつも考えてるんだよ。俺だって……」

顔を起こして隣を見ると、ばちっと目が合う。帽子から出た男の耳が微かに赤くなっていることに気がつき、凜生は目を瞠らせた。

「それって、店長も本当は俺と合わせたいってことですか？」

「あっ、そうそう！　携帯の君の登録名は『森くま』にしておいたから」

唐突に倉林は話を遮《さえぎ》ってくる。

「……は？」

なんのことやら判らず首を捻《ひね》った。

「もう消したんだよ、園田《そのだ》さんのアドレス」

「えっ、ほ、本当ですか?」

思いがけない事態に、まんまと元の話ははぐらかされる。けれど、凜生にとっては朗報《ろうほう》と言っても過言《かごん》ではない情報だ。

いくらもう吹っ切れたと言葉で告げられても、すっきりと受け止められない部分は残っていた。自分の嫉妬らしき厄介《やっかい》な感情を除いても、倉林があの男を忘れられたと言うならそれはいい方向だと思える。

「でも、待って……それで、なんで俺のが『森くま』になるんです?」

「そのほうが楽しいだろ」

「楽しいって……」

嫌いなドーナツではなかったのか。

釈然《しゃくぜん》としない。問おうとしたところ、カウンターのほうから、『すみません~』と客の呼びかける声が聞こえてきた。

「あっ、ちょっとレジ誰もいないじゃないか。田丸さん、どこ行ったの!」

「トイレっすかね」

慌ただしくカウンターに出る倉林の後を凜生も追った。さっきまで無人だったはずのカウンター前は、数組の客がレジ待ちの状態になっている。比較的落ち着いた時間帯とはいえ、土曜の午後はテイクアウトで入ってくる客も少なくない。

「店長、俺も手伝いますよ」

「君、接客まともにできな……」

「いらっしゃいませ！」

スマイルはぎこちないながらも、声だけは大きく出した。

明瞭《めいりょう》に、快活《かいかつ》に。レジ打ちの覚束《おぼつか》なさをカバーするように、凜生は不得手な愛想《あいそ》を振《ふ》り撒《ま》き、客の求めるドーナツを四個以下なら袋に、それ以上なら箱に並べて詰めていく。

ふかふかのリング、チョコレート色のリング、ケーキにしか見えないリング。自分の仕上げたドーナツが購入されていく瞬間を見るのは、ちょっと楽しいかもしれなかった。

「なんでできるようになってんだ？」

客が落ち着けば、倉林が何故か不満そうに言う。

「見よう見真似《みまね》です。店長の小言のおかげかも……」

そのとき、凜生の声に反応して、ドーナツの袋を手に出て行こうとしていた客が振り返った。

「あら、もしかして凜生くん？」

倉林のレジで会計をすませていた中年女性は、凜生には初めて気がついた様子で、近づくとまじまじとカウンター越しに見上げてきた。

「春山《はるやま》です…って言っても判らないかしら。お母さんの昔馴染《むかしなじ》みなの。息子さんが、ここでバイトをしてるって話してらしたから、もしかしてと思って」

怪訝《けげん》そうにしてしまった凜生も、説明されて母の知人らしいと判る。

少し気まずくなった。

「あ……どうも」

「まぁまぁ、本当に大きくなって！　千也子《ちやこ》さんがね、写真見せてくれたのよ。自慢の息子のはずよねぇ、こんなにハンサムなんだもの」

「えっと……」

わざと仏頂面《ぶっちょうづら》に戻るつもりはないが、応えにくい内容に戸惑っていると気を利《き》かせてくれた。

「お仕事の邪魔しちゃいけないわね。うちの孫、ドーナツ大好きだから、また寄らせてね」

「あ、はい、ありがとうございました」

ぺこりと帽子の頭を下げれば女性は笑んだ。

出て行こうとして再び足を止める。

「そうそう、お母さんに謝っておいてもらえるかしら」

「はい？」

「こないだお宅にお邪魔したときにね、孫がじゃれついてきてカップを割ってしまって……千也子さん、笑って許してくれたけど、あれはとても高価なカップだったんじゃないかって、あとで気になってたの」

申し訳なさそうに言われ、凜生は目を見開かせた。

背を向けドアを潜《くぐ》り出て行く女性の後ろ姿を呆然《ぼうぜん》と見送る。カランとドアベルが鳴った。白い日差しの中、外で待ち受けているのは、嫁らしき若い女性とはしゃいで飛び回る小さな男の子──

「君の知り合いのお客なんて珍しいね」

隣の倉林の一言に、ガラスドアの向こうの光景を見つめたまま、凜生はぽつりと応えた。

「母さんの不倫相手」

「えっ⁉」

「……かと疑ってた人」

以前、母が言っていた久しぶりに訪《たず》ねてきたという昔馴染み。また近所に移り住むと話していたのは、あの女性と家族だったのだ。

「な、なんだよそれ？」

凜生は素直な気持ちで頷いた。

「そのうち話します」

きっと、倉林には話せるようになる。

なにか過去が変わったわけじゃない。

けれど、ずっと理屈で考えるほどには割り切れずにいた気持ちが、どこかすとんと下りて形を変えた気がした。

それはたぶん、疑いが晴れたからではない。今日の偶然の出会いはきっかけに過ぎず、受け入れる自分の心が変化していたからだろう。

想いの形は千差万別《せんさばんべつ》で、忘れられない恋もあれば、ときには歪《いびつ》で許されない恋もある。

恋はドーナツの穴のように、いつの間にかそこに存在している。

思わず笑んでしまい、凛生の高い位置にある肩は揺れた。

「君が笑ってるとなんだか気持ち悪いな」

「ひどいな、俺だって可笑《おか》しいときは笑います。可笑しくないのに笑うのは苦手だけど……あ、そうだ店長、今度買い物に付き合ってくれますか？」

「買い物？　べつにいいけど、なにを？」

「ちょっと……カップを買おうかと思って」

バイト代でティーカップを買って差し出したなら、母はどんな顔を見せるだろう。

その瞬間を想像して頰が緩みそうになる自分を、凛生は心から嬉しいと思えた。

浮き立つ気持ちのまま、恋の相手に問いかけた。

「それで店長、休みいつにしますか？」

ハニーリングを
ひとつ

「こっちの柄なんてどうかな?」

倉林《くらばやし》のかけた言葉に、背後の棚《たな》に並んだティーカップを見つめていた凜生《りお》は、高い位置にあるその小作りな顔を振り返らせた。

日曜日。二人は珍しく重なった休日に、電車に乗って市内の中心部にあるデパートに来ていた。目指したのは食器売り場で、目的はティーカップだ。高校生がバイト代で母親にプレゼントなんて、「お母さんと仲がいいんだな」と感心して言ったら、何故《なぜ》か凜生は困ったような顔をしていた。

なにか事情でもあるのかもしれない。

「ほら、どう? 柄はチェリーだけど、雰囲気が似てるしお母さん気に入るんじゃないかな」

華奢《きゃしゃ》な柄が女性らしいカーブを描いたカップは、凜生が指定したブランドの商品だ。欲しいのは、割れてしまった母親のお気に入りのカップに似たものらしい。

倉林はショルダーバッグから、クリアファイルに挟《はさ》んだ紙を取り出す。葉書ほどの大きさの厚手の紙には、凜生が『こんなのだ』と言って、ティーカップを描いていた。色鉛筆で描かれた野イチゴの花実《はなみ》は、まるで写生でもしてきたかのように詳細で、その類稀《たぐいまれ》な記憶力には相変わらず驚かされる。

「ちょっと、こんなところで出さないでくださいよ」

カップの傍《かたわ》らに翳《かざ》して比べてみる倉林に、凜生は珍しくうろたえた声を上げた。

「ここで出さなかったら、どこで出すんだよ。せっかく描いたのに」

「べつに描く必要なかったっていうか……よく考えたら、ペアのカップだからもう一つうちに同じの残ってるはずなんすよ。本当は写真撮ってくればよかっただけ」

バツが悪そうにしていると思えば、そういうことか。

手先の器用な凜生は、今時の若者にもかかわらず、アナログなところがある。鉛筆削《けず》りの趣味にしたってそうだ。器用過ぎるゆえに、手が先に動いてしまうのだろうけれど、あまりそういうところは人に見せたくないらしい。『美術部に入ろうとは思わないの?』と尋ねたら、『部活は興味ないし、前にオタク趣味だって笑われたし』とやや眉根《まゆね》を寄せて応《こた》えた。

確かにみんなと揃って絵を描く凜生は想像しづらいけれど、惜《お》しいと思う。

「なぁ凜生、これ終わったら俺にくれよ」

「えっ、なんで⁉」

「だって捨てるのもったいないだろ。せっかく描いたのに」

「由和《よしかず》さんって……もしかして、包装紙とか空《あ》き箱とか取っておく人?」

「違うよ、バカ。ていうか、俺が普通に欲しいと思っただけ。嫌だってんなら、買い物手伝ってやらないからな」

ここまで来ておいてそれはしないけれど、凜生には十分な脅《おど》しになったらしい。不承《ふしょう》不承《ぶしょう》で受け入れる。

「なんでそんなんが欲しいんだよ、悪趣味だな」

『悪趣味はおまえのほうだ』と、倉林は言葉にこそしないが内心思った。

一回り以上年上で、同性で、おまけにバイト先の店長である自分と付き合いたがる高校生なんてどうかしている。

年齢差を理由に逃げないと決めてからもう三週間あまり。倉林は、相応の決意をしたつもりだ。今更簡単に翻《ひるがえ》す気はないけれど、凛生のほうは半信半疑のようである。今日も駅前で約束の時間に待っていたら、『ホントに来てくれたんだ』と嬉しそうに言われてしまった。

あまり……というか、まったく表情豊かな男ではない凛生も、最近はちらちらと笑顔を見せる。その度《たび》に、自分の心臓に負担をかけていることなど、知りもしないだろう。

ドキドキするのだ。心臓だけ高校生にでも逆戻りしたみたいに多感になって、倉林は自分の変化をちょっと持て余していた。

「これ、よさそうだね。そっちにイチゴ柄のがあったからどうかなぁと思ったんだけど……由和さん?」

「えっ?」

顔を上げると、自分を不思議そうに覗き込む眸《ひとみ》が思いがけず近い位置にあって、のけぞりそうになる。

「あっ、うん、いいんじゃないかな」

軽く口ごもった倉林は、顔色が変わっていないか気になってしまった。

もちろん、紅《あか》い色にだ。


予定は買い物だけだったので、遅いランチをして家に帰った。ティーカップの紙袋を満足げに手に提《さ》げた凜生に、『家に寄って行くか』と尋ねたら、当然二つ返事だ。

「座っててくれよ、コーヒー飲むだろ？　ブラックでいいか？　ミルクもあるけど……」

キッチンに向かいながら声をかけると、廊下の凜生はリビングに入ろうともせずに階段をじっと見ていた。

「ねぇ、由和さんの部屋って二階なの？」

「え？　二階って言えば二階だけど……一人暮らしだから、全部自分の部屋みたいなもんだよ」

「リビングは違うでしょ。だって、由和さんのものはほとんどねぇもん」

「まぁ、元々実家だからなぁ……」

家具は父親の生前のままだ。サイドボードに並んだ置物は、父の購入したものなのか、誰かの土産《みやげ》か記念品か、その出所《でどころ》すら判《わか》らないものが無数にある。遺品を整理しなくてはと考えつつも、特にインテリアに拘《こだわ》りがあるわけではないのと、仕事に追われて時間がなかったのとでずっとそのままになっていた。

「由和さんの部屋が見てみたいな。ダメ？」

「……べつに見て面白い部屋じゃないけど」

だからと言って、隠す必要があるほどの部屋でもないので、倉林は凜生を二階に案内することにした。

「階段、滑《すべ》るから気をつけて」

飴色《あめいろ》の階段は経年《けいねん》の趣《おもむき》があると言えなくもないが、とにかく古い。一歩上がるごとに軽く軋《きし》む。二階に人を上げるなんていつ以来だろうと振り返ると、急に恥ずかしい気がしてきた。

今は寝室扱《あつか》いで、ほぼ寝るときにしか使っていない部屋には、本棚や机が学生の頃のまま残されている。倉林にとっては普段意識を向けることさえしない数々の品に、凜生は興味津々《しんしん》だった。

「ちょっと、あんまりじろじろ見るなよ」

「へぇ、由和さんて、ファンタジーとか海外ミステリー読むんだね」

「昔、高校生のときに買ったやつだよ。上京して部屋はそのままにしてたから」

「ふうん、そうなんだ。どうりで勉強机もある」

どうにも落ち着かない。そわそわしながら動向を見守っていると、展示品に目移りでもするかのように、凜生は今度は窓際の棚に目を向けた。

「あっ、そっちにあるのってもしかして」

「もう、あんま見んなって！　はい、終わり終わり、早く下に降りて……」

棚に並んでいるのは、確か高校の美術で製作した焼き物だ。何故後生《ごしょう》大事に取って置いたのだろうと後悔しても遅い。視界を遮《さえぎ》って追い出そうとして、倉林は「わっ！」と声を上げてよろけた。

なんのつもりか、凜生が胸元をドンと突いたからだ。無防備にひっくり返るも、幸《さいわ》い背後はカバーをかけたベッドだった。

「びっくりした……な、なにを……」

弾《はず》むスプリングに背中を受け止められ、ほっとしたのも束《つか》の間《ま》、『幸い』であるのか判らなくなる。

「え……」

ふらっと追いかけるような動きで、仰向《あおむ》けの身に凜生が覆《おお》い被《かぶ》さってきた。

「り、凜生」

膝《ひざ》まで乗り上げられて、心臓がどくんと弾む。

「由和さんって、しっかりしてるようで隙だらけだな。ね、こないだの続き、しようよ」

「こないだって……まさか、そのつもりで？　ひっ、昼間っからなに言ってるんだ」

「あの日だって昼だったでしょ」

「そっ、その真っ昼間に寝落ちしたのは誰だよ？」

痛いところを突くと、凜生は途端にどこか拗《す》ねたような表情になる。

「だからリベンジさせてよ、今度はちゃんとすっから」

「リベンジって、復讐《ふくしゅう》……」

「再チャレンジ、リトライ、なんて言えばさせてくれんの？」

冗談かと思えば、どうやら本気だ。肩の辺りを押さえ込む手に力を籠《こ》められ、倉林は慌てて返した。

「却下《きゃっか》」

「どうして⁉」

まさか拒否されるとは思ってもみなかったらしい。

「君が高校生だから」

「なにそれ、年の差は気にしないでくれるんじゃなかったっけ？」

「だからこうして付き合ってるだろ。けど、その……それとこれはべつっていうか、道徳的にまずいんじゃないかと思うからさ」

あの日、もしも勢いづくままに抱き合っていたら、そんなことを考える余裕はなかった。けれど、『寝落ち』なんて冗談みたいなオチで未遂に終わり、倉林にも冷静に考える時間ができてしまった。

「君がせめて高校を卒業したら考えるよ」

「……卒業までまだ一年以上もあるんですけど？　つか、なんでそんなに上から目線なわけ？」

「上からって、べつにそういうつもりじゃ……そ、それに今日は俺、夕方から店だし。言っておいただろ」

仕事を引っ張り出せば諦めるかと思いきや、予想外の反応が返ってくる。

「ふうん、店長出るなら俺も出よっかな」

「却下」

「なんで？　俺は店も手伝っちゃダメなわけ？」

「ダメに決まってる。君は社員じゃなくてバイトなんだから、ちゃんと休みも取らないと。学生の本分は勉強だろ。バイトで酷使《こくし》させるわけにはいかないよ」

「なんだよ、それ。由和さんは俺の担任か保護者かよ。年上だからって……」

聞こえよがしの溜め息をつく男の顔を、倉林はじっと見上げる。こんな角度からでも、凜生はよく整った顔をしていて、降りた長めの茶色の前髪がふわりと揺れる。

窓からの光に透《す》けて、綺麗だ。

「君が来てくれるようになってから、店は随分《ずいぶん》助かってるよ」

「ホント？」

「嘘言って、どうするよ。俺は最初の頃だってなんでもはっきり言ってたろ」

ああしろこうしろと、小言が絶《た》えなかった。

それが今は、普段寝起きしているベッドで見つめ合っているなんて変な感じだ。

まるで頭に芽生《めば》えた考えを読み取られたかのように、仰《あお》ぎ見《み》る顔との距離が縮《ちぢ》まる。ベッドを軋ませることもなく、すっと凜生の顔は降下を開始し、唇が触れそうになって身構えたところで停止した。

「ねぇ、キスはしてもいいんでしょ?」

「う、うん……」

最後まで返事を言葉にできないまま唇を塞《ふさ》がれる。もう何度か触れた唇なのに、やっぱり胸が騒ぐ。トクトクとうるさく鳴り始めた心臓とは裏腹に、倉林はそっと静かに目蓋《まぶた》を伏せた。

音もなく降《ふ》り注《そそ》ぐキス。互いの唇を確かめる。何度か押し当てては離れる柔らかなその感触に、触れられてもいない体の奥がきゅっとなる。

下唇をやんわり歯を立てて吸われると、唇だけでなく、頬や耳朶《じだ》までぱっと赤く色づく感じがした。

わざとなのか、偶然身じろいだだけか、ベッドについた凜生の右足が倉林の足の狭間《はざま》で動いた。腿《もも》の付け根へ向け、するっと内腿を撫でた膝頭《ひざがしら》の感触に、ぞくりとした震えが駆け抜ける。

「んん…っ……」

身を捩《よじ》って、蚊《か》の鳴くような声を上げた倉林に、凜生は不思議そうな声を発した。

「……由和さん?」

目蓋を起こせば、覗き込む顔と目が合う。見つめられるだけで視線が揺れてしまい、気のせいではなく、眸が潤《うる》んでくるのが自分でも判った。

「由和さん、可愛《かわい》いな」

「かわ…っ……て、なに言って……」

「キスしてるときの由和さん、可愛い。もっといっぱい、そういう顔見たい……」

いつの間にか吐息に湿《しめ》りを帯《お》びた唇が、再び押し合わさる。しっとりと吸いつき、あわいからちろりと伸びてきた舌先に、倉林は押さえ込まれた薄い肩を震わせた。

あまり体温を感じない、凛生の濡れた舌の感触。歯列《しれつ》をつるりとなぞって、探検でもするみたいに進入を開始する。無意識に引っ込めた倉林の舌を突っつき、ざらついた上顎《うわあご》を擽《くすぐ》るように舐《な》めて辿《たど》って——高校生のくせして余裕があると取れなくもないキス。

奥まですべて攫《さら》われてしまうと思った。

「あ…んまっ……」

『あんまり調子に乗るな』と突っぱねようとしたところ、深く押し込まれそうだった舌は、入ってきたときと同様にするっと出ていく。

引《ひ》き際《ぎわ》がいいかと思えば、再び唇を啄《つい》ばんだり、先っぽを戯《たわむ》れに口の中へと潜《くぐ》らせてみたり。いつまでもじゃれつく凛生のキスに、どうしていいか判らなくなってくる。

「んっ、ぁ……」

無自覚に続きを求めた。『もっと』と追いかけ、歯列のドアの向こうまで伸ばした舌に、柔らかにくねる凜生のそれはぴっとりと吸いついてくる。

からんだ舌と唇に甘く吸われ、体は縮んだり綻《ほころ》んだりと忙しい。きゅっとなったかと思えば、とろりと蕩《とろ》ける。なにか湧《わ》き上《あ》がるような感覚が、官能であることを大人の倉林は知っている。

人並みに気持ちいいことは好きだ。セックスだって、淡白なほうなんかじゃなくて、昔は恋人と会う度に夜は抱き合った。「由和はホント感じやすいよなぁ」なんて、時折からかわれるくらいには。

「……り、お」

やばいと思う。

自分からセーブすると提案したくせして、もう流されそうになっている。いつの間にか消えない疼《うず》きが体には蟠《わだかま》っていて、熱を持った部分が衣服を切なく押し上げているのに、倉林は気づいた。

察したと同時に熱くなった。頬も、体も。余計に熱を上げてしまい、理性はちょっとでも押されたらもうボロボロと崩《くず》れてしまう脆《もろ》い砂糖菓子みたいだ。

潤みを帯びた眸で、倉林は拒《こば》まねばならないはずの男を見上げる。

すっと唇を綻ばせた凜生は魅惑的に笑み、目を細めた大人びた表情で言った。

「……判ったよ」

「え……？」

一瞬、なんの話だか判らなくなった。

「だから、由和さんの言うとおりにするって。清い男女……男と男のお付き合い？　嫌われたくないからさ。てか……俺、実はそんなにセックスに拘りないかも？」

今度はもう『えっ』と声も出なかった。

意味は理解できたが、言葉の真意が理解できない。痩《や》せ我慢でもしているのかと思いきや、凜生の口調はあっけらかんとしている。

「セックスよりキスのほうが好き。恋人同士って感じ、するでしょ？　セックスは服脱ぐのもめんどくさいし、脱いだら当然着なきゃなんないし、汚れたら困るし……だから俺、由和さんの言うとおりにしてもいいよ」

これが巷《ちまた》で言われている草食系か、それともやはりジェネレーションのギャップってやつか。

「してもいいよって……」

倉林は口にしてから戸惑う。思わず飛び出た不満そうなその響きに、『まさか』と否定した。

駆け引きがしたいわけじゃない。本当にただ純粋に、まだ早いんじゃないかと思ったから、提案したまでで――

「由和さん？」

「も、もうキスはしただろ」

気のない素振《そぶ》りで胸元を突っぱねるだけで精いっぱいだった。

夕方、家を出てからの道のりは互いに言葉少なだった。いや、そう感じているのは倉林だけかもしれない。

「店まで送ろうか?」

隣を歩く凜生はそんなことを言った。

「誰かに見られたら変に思われるだろ」

「そっか……じゃあ、そこの曲がり角まで」

冬も近づくと、太陽は早々に姿を消そうとする。高い山に囲まれた星住《ほしずみ》の街の日暮れは早く、まだ五時半にもなっていないというのに、淡い橙色《だいだいいろ》に包まれた辺りはすっかり一日の終わりの空気だ。

ぽつりぽつりと話す二人を、国道を走る車はびゅんびゅんと追い越していく。何台目かの車が傍《かたわ》らを走り抜けたとき、緩《ゆる》やかに続いていた下り坂に分かれ道がやってきた。

「由和さん、またね。仕事頑張って」

「ああ、うん。君も、えっと……宿題頑張れよ」

宿題なんてあるのか知らなかったけれど、ほかになにを言っていいか判らないので、そう告げた。凜生は案《あん》の定《じょう》、『子供扱いするな』と言いたげなむっとした顔を見せ、それから『バイバイ』ではなく『いってらっしゃい』と倉林に手を振った。

少し歩いてちらと振り返れば、まだ見送っている。しばらく歩いて、倉林はまた確認してみたくなったけれど、もう振り返ることはしなかった。凜生がまだそこにいても、いなくなっていても、自分は困るような気がした。

いたらどうしていいか判らないし、いなければ寂しい。

こんな甘酸《あまず》っぱい厄介《やっかい》な気分は久しぶりすぎて、対処に困る。

キスの熱が、まだどこかで燻《くすぶ》っているみたいだった。倉林は吐き出そうとでもするように、大きく溜め息をつく。

街を見下ろす高い山の頂《いただき》は、このところずっと白い雪を被《かぶ》っている。もう十一月も中旬を過ぎており、このまま冬を迎えるのだろう。吹き下りてくる風は冷たくて、厚手のジャケットも前を掻《か》き合《あ》わせなければ寒いくらいなのに、心だけが熱を持っていた。

凜生を突っぱねようとしたあの日、どうにもできないもどかしさを抱《かか》えて歩いた道を、今はこんな気持ちを抱えて歩いているのが不思議だ。

店に辿《たど》り着《つ》くと、いつもどおり裏口から入ってロッカールームへと向かった。家からは時間短縮《たんしゅく》に制服で出てきたから、上着のジャケットを脱げばもうドーナツ屋の店長だ。

「おはようございます」

いつになく明るい声が出る。事務所で机に向かっていた副店長の堀井《ほりい》は、やや怪訝《けげん》そうな顔を向けた。

「おはようございます。仲川《なかがわ》くん、もう来てますよ」

「仲川くん？」

「新しいバイトの大学生ですよ。今日からじゃないですか」

「えっ、ああ、そうだった！　早いな、まだ五時半なのに。今どこに？」

つい先週、面接で採用が決まった新人バイトだ。仲川進也《しんや》。その平凡な名前どおり、履歴書《りれきしょ》に『鉛筆削り』なんて珍妙《ちんみょう》な特技を書くこともない、極《ごく》普通の学生だった。

ただ、高校時代まで柔道をやっていたとかで、大柄ながっしりとした体格は『カウンターが狭苦《せまくる》しくなりそうだな』なんて倉林に思わせたが、贅沢《ぜいたく》を言えるような立場ではない。『普通』のバイトを、いつも喉《のど》から手が出るほど欲していた。

「仲川くんなら、もう店に出てますよ。なにかすることないかって言うんで、とりあえずキッチンの片づけでも手伝ってもらってようかと」

堀井の言葉に事務所を出た。自己紹介はもう済ませたらしく、仕上げ担当の田中《たなか》の指示を受けながら、キッチンを動き回っていた。ディープグリーンの制服のパンツと、ストライプ柄のシャツは窮屈《きゅうくつ》そうだ。もうワンサイズ上を用意してもらわないと。

「あっ、店長さん、お疲れ様です！」

倉林の姿を目にすると、仲川は敬礼《けいれい》でもしそうな勢いで姿勢を正した。びゅんと作業台の上を掠《かす》めた大きな手がシナモンのボトルを倒し、銀色のステンレス台にパウダーが飛び散る。隣で田中が苦笑いを浮かべたが、気づいている様子はなかった。

「『さん』はいらないから。店長でいいよ。今日からよろしくお願いします」

「はいっ、いろいろ教えてください」

早くも粗忽者《そこつもの》の臭《にお》いを漂《ただよ》わせている男だが、返事は気持ちがいい。

早速《さっそく》カウンターへ呼び、販売について説明を始めた。

「テイクアウトは袋と箱ね。四個までは紙袋で、それ以上は箱。でも、形の崩れそうなドーナツは箱を使っていいから……」

「いらっしゃいませ〜!!」

不意に声を上げた男に、倉林はびくりとなる。

「あ、すみません、お客さんが入ってきたんで」

「いや、それでいいよ。でも、ちょっと声が大きすぎたかな」

ドーナツ屋とは思えない威勢《いせい》のいい出迎えに、若いカップルは面食《めんく》らいつつ、ショーケースのあるカウンターに近づいて来た。倉林は手本のようににこやかに声をかけ、イートインで購入《こうにゅう》した客がトレイを手にテーブル席へ移動すると、見守る男はすまなそうに肩を落とした。

「すいません。俺、柔道でデカい声を出す癖《くせ》がついてるもんですから」

「小さいよりずっといいよ」

最初は声が出ない者が圧倒的《あっとうてき》に多い。

やる気のあるバイトは貴重だ。やや空回《からまわ》り気味だが、真面目そうでもある。

――これは、久しぶりに見どころのあるバイトが入ったかもしれない。

倉林はほっとした気分で思った。

入店した当初の凜生とは大違いだ。今でこそ改善されてきて、販売もできるようになったものの、最初は挨拶《あいさつ》もまともにできずに手を焼かされたのを思い出す。

いつの間にかここにはいない男のことを考えていると、まるで察したかのように女子大生バイトの田丸《たまる》が声をかけてきた。

「店長～、上原《うえはら》くんの来週のシフトっていつですか？」

「えっ？」

急に飛び出した凜生の話に、心臓がひっくり返りそうに跳ね上がる。

「な、なんで僕に訊《き》くんだ？」

「なんでって……店長、覚えてるかなと思って。事務所に見に行くよりよくないです？」

長い髪を一纏《ひとまと》めに結んだ田丸は、憮然《ぶぜん》とした表情だ。

仕事中にカウンターを離れるよりも、訊いたほうがいいと思ったのだろう。彼女も最近は少し打《う》ち解《と》けてきたところがある。

それに、店長なのだから従業員のシフトを把握《はあく》していると思われても当然だ。

「えっと……上原くんね、確か火曜と木曜、あと土曜だったと思うけど。でも、なんで？」

「それは……ちょっと、教えてほしいって言われて」

田丸の目は、店の奥のテーブル席のほうへ向いた。制服姿の女子高生二人組が、なにやら期待に満ちたような目でこっちを見ている。

「高校の後輩の子たちなんです。ほら、上原くんってアレじゃないですか～」

「あれって？」

「イケメン、ですよ。こないだカフェオレのおかわりもらったとかで、もうすっかり舞い上がっちゃって……」

凜生がイケメンなんて軽い言葉では収まりきれない美形であるのは、倉林も初対面のときから判っていた。当然店では目立っているものの、こんな露骨《ろこつ》なアプローチは初めてだ。

コーヒーやカフェオレのおかわりは全店で行《おこな》っているマニュアルどおりのサービスであって、なにも厚遇《こうぐう》したわけではない。でも、軽く微笑《ほほえ》みかけるぐらいのことはしたのかもしれなかった。最近は接客もだいぶ板についてきて、凜生の評判も上々だ。

喜ぶべきことであるはずなのに、何故か倉林の表情は硬くなる。

「店長、上原くんって彼女いると思います？」

「えっ……なんでそれを僕に？」

田丸の問いに、再び心臓が跳ねる。今度は訝《いぶか》しんで当然の質問だったが、返事を期待したわけではないらしい。

「そうですよね～、店長が知るわけないですよね。けど、本人に訊いてもはっきりしなくて……あれ、はぐらかしてんのかなぁ」

ほんの僅《わず》か前まで会っていたとは言えるわけもない。そして、田丸も疑っている様子もまるでない。職場の店長（男）とバイトのイケメン高校生（男）が付き合ってるなんて、ふつう夢にも思わないだろう。

倉林自身、現実感が乏《とぼ》しかった。

茶色のネクタイを首から提《さ》げた途端に、凜生と過ごした時間は夢か幻《まぼろし》のように薄らいでいた。

「二《ふた》ッ森《もり》ってバイト禁止じゃないんだね～」

テーブルの傍《かたわ》らから、カップにサービスのおかわりのカフェオレを注《つ》ぐ凜生《りお》は、女子高生の言葉にちらと目線だけを向けた。

火曜日。夕方のリングリングドーナツ星住《ほしずみ》店には、制服姿の女子高生が多数いた。駅からやや離れた店は、学校帰りの高校生がふらりと立ち寄る立地ではないが、最近はやけに増えている。

その理由を深く考えることもないマイペースな凜生は、何故《なぜ》自分の通う高校を、見ず知らずの女子高生たちが知っているかについても興味がなかった。

淡々とした調子で応《こた》える。

「バイトできないのは部活やってる奴ぐらいじゃないかな」

「上原《うえはら》くんは部活しないの～?」

「……やりたいのないから」

いつの間にか名前まで憶《おぼ》えられている。名前に、学校に、そのうち家まで知られるんじゃないかとふと思ったけれど、女子高生の興味はそれより星座や血液型のほうかもしれない。テーブルを離れた後も凜生を目で追い、はしゃいだ様子で囁き合う姿は、まるでアイドルを追いかけるそれだ。

「いらっしゃいませ～!」

一方、店の自動ドアが開く度《たび》に、カウンターからは仲川《なかがわ》の声が威勢《いせい》よく響く。最初はぎょっとしてしまっていた凜生も、何度目かで慣れた。声も体も大きい大学二年生の男は、辞《や》めた女子バイトの代わりに日曜日から入った新人らしい。

おかわりのサービスのためにフロアを回った凜生がカウンターに戻ると、今度は追加注文に女子高生たちはやってきた。凜生のいるレジにわらわらと群《むら》がり、すかさず仲川が誘導《ゆうどう》する。

「あっ、こちらのレジへどうぞ。空《あ》いてますよ!」

女の子たちはあからさまに『えーっ』という表情を浮かべて抵抗したが、『どうぞどうぞ！』と爽《さわ》やかに手招く男に負けて、半分はそちらに移動した。

「上原くん、ちょっと」

いつの間にそこにいたのか、彼女たちがレジ前からいなくなると、事務所にいるはずの倉《くら》林《ばやし》が声をかけてきた。

「今日は仕上げを手伝ってもらってもいいかな」

「え、けど田中《たなか》さんが今日はいいって……」

「カウンターは仲川くんが頑張ってくれてるし、田丸《たまる》さんもいるからさ」

テーブルを拭《ふ》いて、店内の片づけを終えた田丸が、ちょうどカウンターに戻ってきたところだ。確かに人数は十分かもしれないけれど、何故わざわざ自分なのか。

凜生は憮然《ぶぜん》と応えた。

「俺がカウンターじゃ、不安ですか？」

「ま、まさか。そういうわけじゃないけど……ほらっ、君は仕上げが上手だからね」

明らかに動揺している。理由も取ってつけたようで言い訳臭《くさ》い。

頭上からじっとその顔を見下ろせば、倉林は負けじと見返してくる。

ベッドでキスをしたときは、見つめただけでも視線をうろうろさせたくせして、店長の顔になった倉林は可愛げがない。

「俺はどっちでもいいですけど……店長がそう言うなら」

カウンターの仕事が、どうしてもやりたいわけではなかった。釈然《しゃくぜん》としないものを感じつつも、凜生は命じられるままに奥へと引っ込む。

出迎えた仕上げの田中がくすりと笑った。

「店長、仲川くんのこと気に入ったみたいだね」

「そうなんすか?」

「なんかそそっかしいとこあるんだけどねぇ。久しぶりに意欲的なバイトが入ったって喜んでたよ。あっ、君らがダメだってわけじゃないよ?」

「べつに、いいすよ」

実際、やる気がみなぎっているとは言い難《がた》い凜生やほかのバイトたちだ。

たとえ客がブーイング顔をしようとも、スマイルスマイル。マニュアルどおりに笑顔で受け流してしまえる仲川みたいなバイトは、貴重な存在ではある。

「まぁ、よかったんじゃない」

「え、なにがですか?」

「上原くん、接客よりこっちのほうが好きなんだろう?」

トッピングシュガーのボトルを田中は掲《かか》げ見《み》せ、凜生は少し考えてから頷いた。

「……まぁそうすね」

「ちょうどよかった。今試作をやってたところなんだけど、君も作ってみる？」

「試作？」

「そう、『冬うさぎと仔《こ》リスのワルツ』」

『リンリン』では、工場生産の冷凍輸送はせず、ほぼ全商品を店内で作っているため、新作が決まると回ってきたレシピとサンプルを元に作ってみることになる。

冬に向けての新商品は、また倉林の毛嫌いしそうなケーキ風ドーナツだった。

いや、ドーナツ風ケーキか。リング状のケーキの土台は、そのネーミングのとおり以前の『森くま』と同じものだ。クリスマスも近いこともあり、真っ白な生クリームとホワイトチョコレートの銀世界。メレンゲドールの白いうさぎとリスが舞い、特注としか思えない雪の結晶のトッピングシュガーが、ドールの周囲に絶妙《ぜつみょう》なバランスで散っている。

めんどくさそうなドーナツだ。見るだけでうんざりしてもおかしくない田中の試作品を前に、凜生はやる気を削《そ》がれるどころか、ぼそりと口にした。

「俺も作ってみていいすか」

「いいよ、土台これね」

凜生の反応は判《わか》っていたのだろう。田中はスポンジの並んだ銀のトレーを、手前にずいと差し出した。

いきなり取りかかるわけにはいかない。準備をしようと手洗い場に向かう。ひっそりとした裏方のキッチンから、店内へと続く明るいカウンターの光景が目に飛び込んできて、そこでは倉林がなにか新入りと話をしていた。

——由和さん、笑ってる。

あんな顔、自分は入店してすぐには見たこともなかったな……とだけ思った。

二十代とは思えない、いつも疲れた顔をした店長。毎日人一倍働きつつ、事務所では溜め息をついていた。時々昔の男の思い出に浸《ひた》るために携帯電話を眺《なが》めたりなんかして。

新人の頃の自分は、倉林を困らせてばかりだったのだから、まぁ当たり前だ。

凜生はガシガシと手を洗った。衛生面の徹底《てってい》したマニュアルどおりに手を洗うのは、それなりに時間もかかる。親指から小指まで、指を一本ずつ洗っていき、肘《ひじ》まで腕を磨《みが》き終える頃には、余計《よけい》なことは頭から追い払われていた。『余計なこと』がなんだったかを、忘れる程度には。

じっと観察するかのように、凜生は作業台のドーナツ風ケーキを見つめ、生クリームの絞《しぼ》り袋《ぶくろ》を手に取る。

「あっ、上原くん、そんな大量にっ！」

土台は田中が練習をするために複数焼いたのだろうが、無心《むしん》になった凜生はそのすべてに一息に仕上げ作業を始めた。まるでカンバスに没頭《ぼっとう》せずにはいられない画家のように。

右から左へと、その手は機械のアームじみた正確さで、滑《なめ》らかに動く。

ただのスポンジだったドーナツの上で、白うさぎとシッポを巻いたリスがワルツを踊り始めた。そして、メトロノームがリズムを寸分の狂いなく刻《きざ》むかのように舞い散る雪の結晶。無数の『冬うさ』が圧巻《あっかん》の勢揃《せいぞろ》いで並んだかに見えたときだ。

「あ……」

凜生は目を瞠《みは》らせた。

はらりと落ちた一枚のトッピングシュガーが、メレンゲドールのリスの頭に、カッパの皿のように乗っかってしまった。

あり得ない。

らしくもないミスに、息を飲んだ凜生は身を硬直させ、背後から空気をまるで読まない拍手《はくしゅ》が響いた。

「君すごいなぁ!!」

まるで曲の終わりに『ブラボー』と叫ぶ観客みたいな声は、カウンターに居るはずの新入りだ。

「……仲川さん」

「あっ、ハニーハニーが少なくなってるから、できてるかと思って見に来たんだけど……君さ、そんな仕事もできるんだね。どうやって覚えたの？　あっ、もしかして、みんなできるようにならなきゃいけないとかっ!?」

「……いや、バイトは基本販売だけでいいみたいですよ」

「そうなんだ？　よかった～、俺、手先が器用じゃないから絶対無理だし。それにしても、君すごいなぁ！」

ただでさえ狭いキッチンに背の高い男二人。大柄の仲川が傍《そば》にくると、息苦しく感じるものの、男のほうはニコニコと無邪気《むじゃき》に笑っている。

「ほい、お待たせ～」

田中が上がったばかりの追加分のトレーを手渡し、仲川は「ハニーハニー入りました～」といらぬ声を上げながらカウンターに戻って行った。

――いい人なんだよな……たぶん。

無表情で感想を抱《いだ》く凜生は、そんな自分に疑問を覚えた。

今まで嫌な奴だとでも思ってたのか？

凜生は作業台の向こうの暗くなった窓を見つめ、首を捻《ひね》る。カウンターのほうを見ても、仲川の大きな背中が見えるばかりで、倉林の姿はもうなかった。

目にしたのはそれから数時間後、閉店時間を迎えてからだ。

「お疲れ様でした」

事務所の倉林に声をかけたが、まだ残っている副店長と何事か話し込んでいて、割り入る空気ではない。タイムカードを押しながらの挨拶だけで事務所を後にした。ロッカー室でもたもたやっている間に、ほかのバイトたちは帰って行き、一人遅れて外に出た凜生は用があるわけでもないのにその場に立ち止まる。

事務所の明かりを振り返り見つめた。見慣れた屋根の上に、見慣れた星屑《ほしくず》の輝きが広がる。

裏口のドアが不意に開いて、誰かと思って目を瞠らせれば、出てきたのは田中だった。

「わっ、びっくりした。なんだ上原くん、帰らないの？」

私服に着替えると途端に若く見える男は、怪訝《けげん》そうに声をかけてきて、凜生は反射的に首を横に振った。

「いや、もう帰ります。お疲れ様でした」

近くに停めていた自転車を漕《こ》ぎ出せば、一歩ペダルを踏むごとに店はあっさりと遠ざかっていく。

二日ぶりに会えたけど、こんなものか。

二日間。四十八時間。多感と呼ばれる十代の凜生にとっても、それはけして長い期間ではないけれど、物足りさは否《いな》めない。

すいすいと星は流れ、時折本物の流れ星も頭上で走る。

いつもの街の夜。いつもの冬も、もうすぐ来る。空気は一層《いっそう》澄み渡り、深く息を吸えば鼻の奥までツンと響いた。『明後日《あさって》のバイトはもう少し厚手の上着を着て行こう』、そんなことをぼんやり思いながら、目を瞑《つむ》っていても走れそうに通い慣れた道を辿《たど》り、まだ明かりのいくつも残った住宅地へと入る。

家に帰ると、母はやっぱり起きていた。

「凜生、おかえりなさい」

「ただいま」

玄関の出迎えに、凜生は相変わらず素っ気《そけ》なく傍らを通過する。

けれど、それは以前のようなぎこちなさからではなく、目を合わせるのがなんとなく憚《はばか》られるべつの理由があったからだ。

触れてほしいような、やめてほしいようなその『理由』を母親は口にする。

「凜生、プレゼントありがとう。誕生日、覚えてくれてたのね」

家を出る際に、そっとリビングのテーブルに置いた、デパートの紙袋のことだ。

「普通、覚えてるだろ。兄さんからも連絡あったんじゃないの?」

「仕事忙しくて、忘れてるみたい。でも、こないだお正月は帰るってメールをくれたから」

家族が揃《そろ》う年末年始は、母にとって大切なイベントだ。それに比べたら、誕生日に拘《こだわ》りはないのかもしれないけれど、やっぱり忘れるよりは祝われたほうが嬉しいに決まっている。

「ねぇ凜生、あのカップ、高かったんじゃないの? バイト代使ったの? 大丈夫?」

「プレゼントなんだから変な心配するなよ」

「あ、そうね。そうよね。すごく素敵なカップよ、随分探してくれたんでしょ? いつ買いに行ったの? 全然気づかなかった。こないだの週末かしら? お母さん、春山《はるやま》さんに誘われて食事に行ったから、凜生が出かけてたのも知らなくって。春山さんね、前に割ったカップのお詫《わ》びにってご馳走《ちそう》してくださったんだけど、こんな素敵なカップを凜生からもらえるって判ってたら……」

普段はおっとりしていて、あまり喋《しゃべ》りの達者ではない母だ。言いたいことも纏《まと》めきれないまま堰《せき》を切ったように語る姿に、凜生はちょっと面食《めんく》らう。

「判ったから、泣くなよ」

眦《まなじり》を光らせた目に、弱り果ててぽつりと言うと、母は両手で顔を覆《おお》った。

「ごめんなさい。お母さん、ちょっと嬉しすぎたみたいで」

「ふうん……なら、よかった」

こんなときどう対応したらいいか判らず、結局いつものぶっきらぼうな息子の顔を据《す》え置《お》く。

そのまま自室への階段を上りかけ、凜生はふと振り返った。

「べつに買うのは大変じゃなかったよ。一緒に探してくれた人いたから」

「そうなの、じゃあお礼を言っておいてくれる?」

「うん、伝えとく」

母は倉林の存在を知らないし、これからも紹介することはないだろう。だからべつに告げる必要もなかったけれど、知っておいてほしい気がした。

『おやすみ』と言い残してドアを閉めると、いつもの溜め息ではなく微《かす》かに笑みが零《こぼ》れる。

優しく、優しくできたらいいのに。

漠然《ばくぜん》と母親に抱いていた思いが、少しだけ形にできた夜。

上着を脱いでベッドに放った凜生は、そのまま机に向かう。今日は学校とバイトでそれなりにくたびれているはずなのに、引き出しから取り出したのは鉛筆とカッターナイフだ。

徹夜《てつや》で倉林の元に向かったあの日以来、寝落ちという大失態《だいしったい》を犯《おか》してしまったからと言うわけではないけれど、凜生はほとんど鉛筆削《けず》りをしなくなっていた。

なんだか、日々はフワフワとよく泡立てたメレンゲみたいに流れて行って、凜生はすっかり腑抜《ふぬ》けていた。

自分は今幸せなのだろうと思う。

中学時代から散々《さんざん》女の子と付き合ってきたにもかかわらず、今頃になってようやく知った恋愛。好きな人に好かれる喜びも。といっても、倉林には『好きだ』と明確に言われた覚えはない。

――『好きじゃない』なんて嘘は、平気で言葉にするくせに。

でも、今はそれで満足しないと、突っ走りすぎて『好きじゃない』に逆戻りされても困る。

働き者の『店長』はどうやら生真面目《きまじめ》な社会人で、「セックスは卒業してから」なんて真顔で言ってのける男だ。

セックスレスの関係は、なんとかなるだろうと踏んでいた。やや草食気味で淡泊を自認《じにん》している凜生は、今までも女の子にセックスを期待されると、途端に冷めて手を出すのが面倒臭《めんどうくさ》くなったし、恋人になってからも頻繁《ひんぱん》にしたいとは思えなかった。

イチャつくのは嫌いじゃない。キスや手を繋《つな》ぐのは好きだ。いかにも恋人同士という感じがして和《なご》むし、倉林がそれを許してくれるなら、セックスは抜きでもなんとかなるんじゃないか。嫌われるよりずっといい。

凜生は黄色い六角形の鉛筆を手に取る。久しぶりの鉛筆はしっくりと手に馴染《なじ》んだ。慣れた手つきでザクザクと柔らかな木の部分を削《そ》ぎ落《お》とし、果物の皮でも剝《む》くみたいに芯《しん》だけを残す。爪楊枝《つまようじ》ほどの太さの芯に彫刻を施《ほどこ》すという、気の遠くなるような作業を開始すると、頭の中は『空《から》っぽ』と『いっぱい』を行き交い始めた。

なにも考えていないつもりでも、いつの間にか思考が頭を支配する。

頭を埋《う》め尽《つ》くすのはイメージ。赤や黄色、緑の葉。デパートの棚に澄まし顔の少女みたいな佇《たたず》まいで並んでいたカップ。その花や果実の柄を思い返したはずなのに、漂《ただよ》う思考は倉林に流れ着く。

ベッドに隙《すき》をついて押し倒したときの驚いた顔。キスをしたら、戸惑うように揺れる眸《ひとみ》が可愛かった。

柔らかい唇。頼りないほどに薄くて、でも艶《なま》めかしくくねる舌。キスをするうちに蕩《とろ》けたみたいに柔らかくなって、積極的に伸ばされた舌を吸い上げる頃には、抱き締める体は体温が上がったように感じられた。

唾液《だえき》を飲む度《たび》に微《かす》かに浮いた喉仏《のどぼとけ》の上下する白い首。男であるのを主張しているのに、華奢《きゃしゃ》でほそっこい。シャツのボタンを一つ、二つと外す。白い肌は滑らかで、きっと手のひらに吸いつく。

まだ未開の地の残るその身を指先で探検し、あのときみたいに高めて、上擦《うわず》って震える声を聞きながら、温かで気持ちのいい場所へと自身を埋《うず》める。濡れた入口を掻《か》き分《わ》け、先っぽから全部包ませて、それはきっとすごく気持ちがいい。

そう、きっとすごく——

ピシリと軽い音が響いた。

折れた芯が机で弾《はじ》け飛ぶ。カッティングマットに黒い粉を僅《わず》かに散らして無残《むざん》な姿に変わった鉛筆に、凜生は目を瞠らせる。

途中から、記憶の反芻《はんすう》ではなくなっていた。倉林とは、ただイチャついてキスを繰り返しただけなのに。

『冬うさ』の仕上げでミスったことといい、今日はどうしてしまったのか。まだ簡単な輪郭《りんかく》も彫《ほ》らないうちから芯を折ってしまうなど、久しぶりだ。

凜生は訳も判らないまま、自《みずか》らの手をじっと見つめた。

「俺……今、なに考えてたっけ?」

ひょこひょこと背の高い男の頭に乗っかった長い耳が揺れている。

十一月の最後の土曜日、倉林《くらばやし》は凜生《りお》と遊園地に来た。

山裾《やますそ》の丘陵《きゅうりょう》地帯に小ぢんまりと存在する遊園地は、どこか懐《なつ》かしい匂いだ。ゲートを潜《くぐ》ってすぐのところで、園内のグッズ売りのお姉さんに勧《すす》められたのはウサギの耳のカチューシャ。ローカルな遊園地のローカルなマスコットキャラクターの耳を嬉々《きき》としてつけるなど、小学生くらいだろうと思いきや、凜生はあっさりと購入《こうにゅう》し、『そんなの恥ずかしい』と突っぱねた倉林を尻目《しりめ》に、一人耳を揺らして園内を歩いている。

しかし、はしゃいでいるかといえば、そうでもなかった。心ここにあらず。倉林の歩みが遅れていることにも気づいた様子はない。

一言でいうと上《うわ》の空《そら》だ。ぼんやりしているだけでなく、バスの中でも欠伸《あくび》を連発していた。テスト期間中などではないはずだ。職場でも、客の目につかぬよう欠伸を嚙《か》み殺している姿を何度か目撃し、『寝不足なのか?』と問《と》い質《ただ》したけれど、理由ははっきりしないままだった。

「凜生」

声をかけても振り返ろうとしないウサギの耳頭に、繰り返し呼びかける。

「凜生っ、あっちに行くんじゃなかったのか?」

ようやくロボットがボタンでも押されたようにぴたりと足を止めた凜生は、はっとした様子で振り返る。

「ごめん、今なんかぼうっとしてた」

「休みに早起きで眠いんじゃないのか？　無理しなくてもよかったのに」

「無理なんかしてないよ、由和《よしかず》さんと来たかったし」

「……そうか、ならいいけど」

頷き返しつつも、本当のところは判《わか》らないと思った。倉林の提案でもない定番すぎるデートコースは、凜生が母親の知り合いから優待券《ゆうたいけん》……すなわちタダ券をもらったからだ。

『彼女とでも行ったら』と言って手渡されたというから、自分が使うのはちょっと違う気がしたけれど、凜生は当然の顔をして誘ってきた。まぁ、遊園地はバスで一時間近くもかかる市《し》境《ざかい》の僻地《へきち》で、知人に会う可能性が極めて低いのは助かる。

少し戻ったところでは、悲鳴とレールの軋《きし》みを上げて走る乗り物が、金属の坂を滑《すべ》り落《お》ちていた。一瞬で視界を右から左へと駆け抜けるジェットコースターに、仰《あお》いだ倉林はしみじみと言う。

「十一月に日曜の休みがまた取れるとは思ってなかったなぁ」

「週末はなかなか取れないって言ってましたもんね。店、大丈夫だったんすか？」

「最近少しシフトが楽になってるから。フロアの手伝いしなくてよくなってるし、仲川《なかがわ》くんのおかげかな」

「……仲川さん？」

積極的な新人のおかげで、カウンターの手伝いに入る必要が格段に減った。シフトも安心して回せるので、おのずと自分の休みもきちんと取れるようになってきている。

「落ち着きなくて最初はちょっと心配だったけど、よく働くし、入ってもらってよかったよ。もう店にもだいぶ馴染《なじ》んだと思わないか？」

「まぁ……そうすね」

また上の空にでもなっているのか。凛生の反応が鈍《にぶ》った気がして、倉林は隣を仰ぐ。走るコースターの影もなく、ただ日差しを浴びてギラつくだけの歪《いびつ》な鉄のコースを、頭上の横顔はじっと見つめていた。

小顔に長いウサギの耳が妙に似合っているが、無表情なウサギだ。実際、愛想《あいそ》よく笑うウサギなんてのも見たことはないけれど。

「凛生？」

「べつに遊園地なら十二月でも行けましたけどね。もらったタダ券の期限、年内だから」

「でも十二月は混むんじゃないのか？　クリスマスシーズンだし、カップルが多いだろ」

「俺らもカップルじゃないんですか？」

「それは……まぁそうだけど……」

凛生は不満そうに眉根《まゆね》を寄せる。『休みなら今日行こう』と誘ったのは自分のくせして、急に『十二月でも行けた』などと反論されても訳が判らない。

一体、なにが気に食わなかったのか。

「とにかくもう来たんだし、せっかくだからアレ行っときますか」

自《みず》ら空気を微妙にしておいて、さっくりと話を変えてくれる。『オールドファッション並みのさっくりだな』なんて、ドーナツ屋ならではの嫌味を覚えつつ、凛生の指差した方角を見た倉林は、『え』と表情を強張《こわば》らせた。

アレとは、今まさに悲鳴を響かせていたジェットコースターの乗り場だ。

「い…いや、俺はいいよ」

「なに？　由和さんって、ジェットコースターダメな人？」

「そ、そんなことはないけど、いい年して今更こういうのに乗らなくてもっていうか……あ、ほら、俺ここで手を振ってやるから乗ってきなよ」

「……なにそれ。子供の引率《いんそつ》じゃないんだからさぁ、下で見守るとかないでしょ。ジェットコースターで保護者顔しないで下さいよ」

「ほ、保護者ぶってるわけじゃなくて……」

「ほら、由和さん」

腕を摑《つか》まれ、腰が引ける。両足で踏《ふ》ん張《ば》ってしまい、これじゃどちらが子供なんだか判らない。道端で駄々《だだ》をこねる子供のようだと、自分の反応を客観的に思ったそのとき、傍《かたわ》らを行き来している人の中から不意に声が響いた。

「上原《うえはら》！」

凜生を呼んだのは、ウサ耳にひらひらしたミニスカートの女の子二人だ。倉林はびくりとなったけれど、幸《さいわ》い知らない顔だった。

「松野《まつの》と……飯田《いいだ》？」

「奇遇《きぐう》だね〜、今日来るなんて全然知らなかった〜！」

「なんだ、おまえらも遊びに来てたんだ」

口ぶりや会話の端々《はしばし》から、学校の同級生らしいのはなんとなく感じ取れた。

「なんで急に遊園地？」

「タダ券もらったから」

「えーっ、いいなぁ！　そんなのあるんだ、うちら自腹だよ。えっと……そっちの人からもらったの？」

「違う。親の知り合いからだよ」

『そっちの人』と呼ばれた倉林は、そっと三人からは距離を置いていた。べつに同年代であっても仲良く輪に加わるつもりはないけれど、彼女たちが自分がどういう関係であるか判断つかずに戸惑っているのが判る。

数メートルほど離れたところで、会話の内容は聞こえていた。

「実はさ、ちょっと前からここに立ってるの気づいてたんだよね。後ろ姿でそうじゃないかなぁって！」

背の高いウサギと、小柄なウサギが二匹。シュールな光景だが、三人に気にした様子はない。特に積極的に話しかけている女の子のほうは興奮気味で、ウサギの耳を折れんばかりに揺らしながら話しかけている。

短い会話でも、クラスの中で……いや、学校で凜生がどんな存在なのか判った気がした。ちょっと無愛想なところがあるものの、背が高くって今時スタイルの稀有《けう》なイケメン。性格的にクラスの中心にいるとは到底《とうてい》思えないけれど、その容姿《ようし》で女子の興味の的《まと》であろうことぐらいすぐに察せられる。

「もしかして、彼女と一緒なのかと思って声かけなかったんだけど。相川《あいかわ》さんだっけ？」

凜生が応《こた》えるより先に、連れのコが遮《さえぎ》った。

「バカ、もう別れてるよ」

「えっ、そうなの？」

驚いた彼女は、否定した友人でなく凜生のほうをじっと見た。

「まぁ……そうだけど」

「へぇ、上原ってホント長続きしないんだね。みんなの言ってたとおりって感じ」

「そんな噂あんの？　みんなって誰？」

「みんなは……みんなだよ。わっ、ちょっとやば、アイス溶けてきた！　寒いから平気だと思ってたのに！　食べる？」

「いい。じゃあ、もう行くから」

片手のコーンアイスの崩落《ほうらく》に気づいた彼女はうろたえ始め、その機に乗《じょう》じたように凛生は二人の元を離れる。異性相手にも媚《こ》びるところがまるでないマイペース。あっさり彼女たちと別れた凛生は、倉林のいるほうへ近づいて来た。

「由和さん、待たせた？　ごめん」

「大して待ってないよ。じゃあ、行こうか」

「えっ、行くって……」

「ジェットコースター、乗るんだろう？」

何故《なぜ》急にその気になったのか、凛生も驚いた顔をしているが、倉林にも判らない。

ただ、高校生なら喜んで乗るのだろうと思った。さっきの二人の女の子も、別れたとかいうちょっと前の彼女も。

自分は高校生のときどころか、中学生のときだってもう乗りたがらなくなっていたという矛《む》盾《じゅん》に倉林が気がついたのは、乗り場の列に並んでからだ。

週末の遊園地と言っても、所詮《しょせん》はローカルな施設だ。乗り場の短い列はすぐに順番が回ってきて、あれよあれよという間にシートに促《うなが》される。よりによって最前列で、眺めのよさに倉林の表情は引《ひ》き攣《つ》った。

走り出した……というより、上り出したコースターは、秒読みするかのようなカタカタという音が足元から響く。地面が遠のく。空が近づいてくる。上るに連れて、鉄の坂道は視界のなかで短くなっていく。

「なんか、変な感じですね。絶叫マシーンってほどでもないのに、子供のときはこれが怖かったんだなぁ……あれかな、ガキんときは渡るのも勇気がいった大きな車道が、いつの間にか狭く感じるようになったりするじゃないすか？　あんな感じ……」

凜生は充分興奮しているように感じられた。饒舌《じょうぜつ》になる男の隣で、反比例するように倉林の口数だけが減る。

「由和さん？」

『話しかけないでくれ』という間はなかった。

「ひょわっ…‼」

空気が妙な方向に抜けたような音……いや、声が倉林の口から飛び出る。瞬間、ローラーコースターは上り詰めた坂を、垂直《すいちょく》落下する勢いで滑り始めた。

久しぶりでも、『車道』は狭く見えたりしなかった。少なくとも倉林の目には。

本当の恐怖を前にすると人間悲鳴も出ないものだと、プラットホームに戻るまで無言を貫《つらぬ》いて理解した。

「ダメならダメって言ってくれれば……」

たった数分の滑走《かっそう》で明らかになった。血の気《け》も向かい風に飛ばした不自然に白い顔をして、ふらつきながら降りた倉林に、凜生は焦《あせ》りと呆《あき》れの入り混じったような声をかけてくる。

「だ、大丈夫になってるかなって思ったんだよ。ここまで三半規管《さんはんきかん》が老化してるとは思わなかった」

「三半規管って老化するものなの？　つか、そんな年じゃないし」

階段の手前で右手を取られた。

「凜生？」

「階段危ないから」

「なに言ってんだ、変に思われるだろ。男同士で手繋《てつな》ぎなんて……さっきの子たちにも見られたら」

「べつに具合が悪いんだって思うだけじゃない？　実際、気分悪いんだし。なんなら、俺がジェットコースターを泣いて怖がってヘロヘロってことにしてもいいよ」

どこまで本気なのか、しれっとした声でそんなことを言う。

「誰もそんな風に思わないよ」

先を行く背に声をかけたけれど、凜生は聞いていないのか返事はなかった。

SH

本当に気にしていないのだろう。乗り場の列の近くをよぎる間、案《あん》の定《じょう》視線を感じたものの、繋がれた手の感触は変わらなかった。強くも弱くもならない。こういうところ、嫌いじゃない――好きかもしれないと、確認するように思ったら、急に気分の悪いはずの胸がドキドキした。

なんだろう。

つまらないことで仏頂面《ぶっちょうづら》になるかと思えば甘い。

――付き合うといつもこうなんだろうか。

瞬間、聞き流していたはずのさっきの女の子の言葉を唐突に思い出した。

『もう別れてるよ』

綺麗な子だったんだろうか。根拠なんてないのに、絶対そうだろうと思った。そんな子でも、溶けかけのアイスみたいにあっさり断る凛生が想像できてしまった。『セックスよりキスが好き』なんて、てらいもなく言ってイチャつくくせに、別れるときは一瞬。

確かなものなんて男同士の恋愛にはないのは、倉林が一番判っている。苦い経験を経《へ》ているのだから、凛生よりずっと。だからこの恋愛にだって、永遠なんて果てしないものまで求めてやしないのに、何故引っかかったのだろう。

高揚《こうよう》しかけた胸が凪《な》いで行く。

「やっぱおかしいよ」

乗り場から離れたところでするりと手を解《ほど》くと、ウサギ耳を揺らして凜生が振り返る。倉林はなるべく軽い調子で告げた。

「こんなの変に思われないの、ジェットコースターのとこくらいだろ」

「じゃあ、もう一回乗る？」

「いいね」

どこかのソーシャルネットワークサービスのボタンでも押すみたいに中身のない返事をすると、『嘘ばっかり』と返ってきた。


「店長って、休みの日はなにしてんですか？」

オフホワイトにグリーンのストライプシャツに、ブラウンのタイ。ドーナツ屋のカウンター内で社員服に身を包んだ倉林は一瞬にして硬直した。

左手に掲《かか》げたトレーが大きく傾《かし》いで、並んだドーナツが氷上の新雪が雪崩《なだれ》でも起こすみたいにずるっと滑る。

「わっ、危ない！」

不意打ちの質問を寄越《よこ》した仲川は、慌てて支えの手を伸ばしてきた。

「ああ、ごめん」

「すみません、なにか俺まずいこと訊《き》きましたか？」

「いや、べつに。休みね……特になにもしてないかな。家でゴロゴロしてるだけ」

「そうなんすか？　独身だって聞きましたけど、彼女とかいそうなのに意外だなぁ」

「彼女なんて、ずっといないよ」

ずっとというのが『生まれてこの方』で、恋人は同性であるなんて、仲川のような後ろ暗い秘密には縁遠そうな男は考えもしないだろう。『意外だなぁ』と繰り返したかと思うと、『じゃあ参考にはならないですね』と続ける。

「参考って？」

「実は俺、彼女ができたんです！」

やはり本当に秘密はないらしい。言いたくて仕方がないといった様子で顔をにやつかせる男に、倉林は苦笑する。

「そうなんだ、よかったね」

「いや～、でも休みをどうしたらいいか判らなくてですね。バイト始めたっていっても、いつも金のかかるデートってわけにも……」

なるほど、それで他人の休日に探りを入れてみたということか。

危うくドーナツを床にぶちまけるところだった倉林は、ほっと息をつく。ショーケースを前に身を屈《かが》めた倉林は、ツリーの形をしたドーナツを補充《ほじゅう》していた。クリスマスシーズンのメニューの一つで、『スノーツリー』。ふかふかのイーストドーナツを揚《あ》げたのは倉林で、ホワイトチョコレートのグレーズをコーティングしたのはキッチンにいる凛生だ。

十二月に入ってクリスマスシーズンを迎えたが、今日は製造担当の森山《もりやま》が体調不良で急に休み、夜は倉林がフライヤーの前に立っていた。客足の鈍い平日だったのは幸いだ。

キッチンの奥を振り返り見た倉林は、こちらを向きかけた横顔に、慌てて目線を逸《そ》らして戻す。

凛生の顔を見られないのにはわけがある。親密な仲だなんて周囲に思われては厄介《やっかい》なのもあるけれど、それ以上に後ろめたいからだ。

昨日夢を見た。凛生の夢だ。遊園地では乗ることもなかったメリーゴーランドやティーカップの遊具に乗って、クルクル回ったりきゃっきゃと笑い合ったり。始まりは微笑ましい夢だったはずだけれど、観覧車でキスをした辺りから怪しくなって、いつもの口づけに留《とど》まらず、セクシャルな夢へと変わった。

自分はろくに拒《こば》みもしなかった。

真夜中に一人ベッドで目覚めた倉林は、欲求不満を具現化したような内容に自己嫌悪《けんお》した。

凛生とはキスだけは何度もしている。遊園地デートをした日も。観覧車ではなかったけれど、前みたいに帰りに家に寄って、キスをして、そして倉林は後悔した。

こうなるのを予感したからだと思う。

現実でなくとも真夜中に欲情し、仕方がないので自分ですませた。目覚めたばかりの頭は燻《くすぶ》る欲求だけでなく眠気も引きずっていて、夢うつつで凜生の姿を思い描いた。案外やわらかい唇とか、手の感触とか。間近で見るときの澄んだ瞳の色まで。男なら珍しくもない衝動とはいえ、身近な相手を想像しての自己処理には背徳感が付き纏《まと》った。

その辺りは思春期の頃から変わりないかもしれない。

今になってこんな気分をまた覚えるなんて。凜生と付き合うようになってから、遠い昔に置いてきたはずの感情ばかりが蘇《よみがえ》る。

なんだかんだいって振り回されている。

「付き合ってても、相手の考えてることって判らないもんですね」

ドーナツの補充を終えて戻ろうとした倉林に、仲川が言った。

「え……?」

「彼女のことです。『どこに行きたい?』って訊いたら『どこでもいい』って言うし、だからってうちにばっかり呼んだらつまらなさそうだし、女の気持ちは俺にはどうもわかりにくいっていうか」

「そんなの……女の子じゃなくってもよく判らないよ。他人の考えてることなんてさ」

「なんか店長が言うと説得力ありますね」

素直に感心されてしまい、再び苦笑いを浮かべるしかなくなる。所詮《しょせん》は他人事《ひとごと》だから言えるのであって、自分のこととなると割り切れないでまごつくばかりだ。

キッチンに戻ると、凜生は『冬うさ』を仕上げていた。まだトッピング途中だというのに手が止まっている。見れば視線の先でメレンゲドールのウサギの一体が、明後日《あさって》の方向を向いていた。乗せ違えたのか、珍しい。

呆然とウサギを見つめる男は沈黙のまま手直しを始め、倉林は見て見ぬふりで声をかけた。

「今日、ホントに客が入らないな。さっきのツリー、ちょっと多すぎたかもしれない。『冬うさ』もそれが最後でいいよ」

聞いているのかいないのか、凜生は俯《うつむ》いて作業を続けながら口を開く。

「店長」

「ん？」

「今、仲川さんとなに話してたんすか？」

仕事のことかと思えば、拍子抜《ひょうしぬ》けする。

「なにって……なんだっけ、ああ、ただの世間話だよ。最近、雨降らないねとか」

他愛《たわい》もない話だったが、彼女の存在は自分の口から広めることでもないだろう。

凜生は顔を起こすと、作業台の手前の窓を目線で指した。

「雨ですよ」

「え？」

言われてみれば、夕方まで気配もなかった雨粒《あまつぶ》が暗がりから窓を叩いている。まるで誤魔化《ごまか》しに適当なことでも言ったみたいだ。実際、そのとおりで適当に言ったのだけれど。

「上原くん、あのさ……」

「店長」

今度はじっと見つめ返され、身構える。

「な、なに？」

「今日、ツリー余ったらもらって帰っていいですか？」

「え……あ、ああ、いいよ。作りすぎたし」

わざわざ事前に欲しがるなんて珍しい。

夜間でも一通りショーケースの見栄《みば》えを保《たも》つための商品は必要で、閉店時に綺麗に空《から》になることは稀《まれ》だ。売れ残りは廃棄《はいき》処分が望ましいものの、『リンリン』では個数を申告《しんこく》することで持ち帰りも許されていた。捨てるのはもったいないという精神ではなく、商品の味や特徴を知るのも、従業員にとって必要な知識だという考えからだ。

会社の方針はともかく、貧乏学生や子持ちの主婦のパートには好評だった。それも、ドーナツに飽《あ》き飽きするまでの話だけれど。

相変わらず持ち帰りをするのは、今は凜生と他には——

その後も夜は少人数で店を回した。のんびり構えるつもりが、雨が上がるまで来店を控《ひか》えていたのか、止《や》んだ途端にどっと客がやって来た。売れ残り必至《ひっし》の空気だったショーケースのドーナツたちは、閉店間際にほとんどが買われていき、倉林はほっと胸を撫で下ろした。

「お疲れ様でした。お先に」

事務所に籠《こも》りたがって戦力にならない副店長がそそくさと退店し始め、フロアの女子バイトと仲川も後に続いた。

「店長、お疲れ様です」

大きな体に小さく見える紙袋を掲《かか》げ、ぺこりと頭を下げて裏に向かう仲川は、ドーナツをまだ喜んで持ち帰る一人だ。

「ああ、お疲れ様」

頷いて送り出し、倉林はレジの集計作業を続けた。

「ツリー、仲川さんにあげたんですか?」

背後から凜生に声をかけられ、初めて仲川が持ち帰ったのがツリーを含んだドーナツであるのに気づいた。

「あ……そういえば、弟が食べたがってるとか言って……ごめん、上原くん、また今度でいいかな?」

疑問形で尋ねたところで、もうなくなったものは出しようもない。罪悪感のせいか、凜生の反応が拗《す》ねてしまったように感じられた。

「いりませんよ。今日のが欲しかっただけなんで」

「ごめん」

「二度も謝らないでください。俺が怒ってるみたいじゃないですか」

倉林はびっくりした。それは本当に怒って不貞腐《ふてくさ》れているのではないのか。自覚はないらしい男は、カウンター内で手持ち無沙汰《ぶさた》に突っ立っている。キッチンのほうを見ると、ステンレスの作業場はもうピカピカに片づいていた。

「上原くん、帰らないのか？」

「由和さんの仕事終わるまで待つよ」

名を呼ばれて、急に店内に二人きりであるのを意識した。裏のロッカー室のほうでは、まだバタバタと帰り支度をする騒々《そうぞう》しい仲川の気配がしていたが、すぐに静かになるだろう。

凜生に傍《そば》に立たれると落ち着かない。

「遅くなるから帰りなよ」

「帰ってほしいんですか？」

「べつにそういうわけじゃないけど……ツリーのことは森山さんに言っておくよ。上原くん、明日もシフト入ってただろ？」

チェーン店のドーナツらしく、寸分違《すんぶんたが》わないものを客に提供《ていきょう》した自負《じふ》はあるけれど、毎日欠かさずドーナツを作り続けている手際《てぎわ》のいい森山のほうが、できもいい気がしてならない。

気持ちの問題だ。

「ははっ、明日のほうが美味《うま》いかもしれないしさ」

レジの売上を金庫に入れるための袋に移しながら、倉林は笑って言う。凜生の声だけが変わらないままだった。

「いりませんって」

「え？」

「だから、さっき言ったでしょ。俺は今日のが欲しかっただけなんだって」

「それって、どういう……」

背後を振り返り見ようとした倉林は息を飲む。高い位置にあるはずの男の顔が、ごく近い位置まで下りてきていた。

ちょんと突っつくように、唇を合わされただけで、ひくっと肩が弾《はず》む。それで余計にスイッチが入ってしまったみたいに、凜生は身を屈ませて唇を押しつけてきた。

「ちょっと……なっ、なに……」

ただのキスに現実感が吹き飛んだ。さっきまで客にドーナツを売っていた日常がどこかへ行ってしまい、店ごと夢の中へ引っ張り込まれたみたいだった。

細身でも長身の凜生に腕を回されれば、すっぽりと抱き締められる。ストライプシャツにグリーンのパンツ。同じ色柄の制服が二人分合わさって一つになって、強く重なった唇は溶け合ってしまいそうだ。

ガタン。腰に押されたレジが音を立てた。

店内を照射《しょうしゃ》した光にどきりと胸が竦《すく》み上《あ》がる。半分明かりを落とした店内に走った光は、下ろしたスクリーンカーテンの隙間からガラス越しに入り込んできた、バイクのヘッドライトだ。駐車場の隅に停めた原付《げんつき》バイクを動かし、仲川が帰るところだった。

エンジン音が遠ざかって行っても、縮《ちぢ》んだ心臓は変わらない。もう店には誰も残っていないはずだけれど、倉林は隙に乗《じょう》じて凜生の胸元をドンと突いて引き離した。

衝撃に握っていた袋が落ち、カウンター内に硬貨《こうか》が散らばる。

「なんでっ……なんでこんなことをっ？」

「なんでって……」

まるで自身が不意打ちのキスでも食らったかのような顔をしている。自分で判らないのか。気紛《きまぐ》れだったら最悪だ。

言い訳としては本当に最悪の言葉を、凜生は引っ張り出す。

「由和さん、キスはしてもいいって言ったじゃないすか」

思わず、触れたばかりの唇を手の甲でぐいとぬぐった。腹立ち紛《まぎ》れの行為に、凜生が一瞬傷ついたような目をしたのを見て取ったけれど、引くに引けなくなる。

「いいわけないだろ、仕事中だぞ。もう終わったけど……」

目を合わせているのが苦痛で、その場にしゃがみ込んだ。散らばる硬貨を拾い始め、すぐに凜生もその場にしゃがんだのが判った。

銀や、くすんだ茶色い硬貨を拾い上げる指先。視界の隅を行ったり来たりするのが、寄せる波のように映る。

「ねぇ、なんで由和さんっていっつもそう冷静なの？」

凜生がぽつりと言い、倉林はなにか言おうとしたけれど結局なにも返せないままだった。

大人だから、店長だから、職場だから。

理由はいくらでも用意できるのに、言葉にしなかった。

たぶん、冷静なんかじゃなかったから。

『大人げなかったな』と、凜生《りお》は自分でも判《わか》っていた。

実際、大人ではない。倉林《くらばやし》のほうは『これだから子供は』とか思っているのかもしれないな……などと自虐《じぎゃくてき》的な推測をしてみたところ、まんまと嵌《は》まって落ち込んだ。

自分で考えて自分で勝手に沈んで。

——どうして急にキスなんてしてしまったんだろう。

また少し自分を追い詰めつつ、紺色のナイロンバッグを制服の肩に引《ひ》っ提《さ》げた凜生は教室を出た。金曜の放課後だ。バイトのシフトが入っているが、昨日揉《も》めた倉林は今日は休みのはずだった。

タイミングはいいのか悪いのか。会うのを先延《の》ばしにすれば余計《よけい》に気まずくなりそうだし、謝るなら急いだほうがいいだろう。

冷静になるほど、悪いのは自分である気がした。店は神聖とまでいかなくとも、倉林にとって大事な職場だ。ふざけてはならないことぐらい、判っているはずなのに。

べつに、ふざけたつもりはなかった。

だったら何故《なぜ》。最近そんなことばかりだ。十七年も一緒にいるのに、今更自分を理解できないってなんだ。

遅くなるけど、バイトが終わってからでも、できれば会ってちゃんと話をして――『ごめん』って言おう、とにかく『ごめん』って。

凜生は無意識にバッグの持ち手にかけた指に力を込めた。学校指定のバッグの中には、今朝迷った末に家から持ってきたものが入っている。

下校時刻を迎えて少し経《た》っていたが、学校は部活の生徒もいて賑《にぎ》やかだ。一人、無表情の仮面でも貼りつけたかのような顔をし、頭の中だけは忙《せわ》しなく動かしながら校舎を後にした凜生は、正門から出ようとしてそばにいる存在に気がついた。

数人寄り集まって立ち止まった女子のグループの中に、寧音《ねね》がいる。

同じクラスではないが、隣の教室なので別れてからもその姿は時々見かけていた。目が合うとさりげなく逸《そ》らされたので、『なかったこと』にするのが、寧音のケジメなのだと凜生もそうしている。元々友達ではなかったから、『恋人』という肩書を消したら、その下は『他人』だった。

ロングヘアが自慢だった彼女の髪は、今は肩より短いボブヘアだ。最初に切ったのを目にしたときは、自意識過剰《かじょう》にも『自分のせいかも』なんて思ってしまった自身に呆《あき》れた。けれど、誤解されたくないなら別れたばかりで切らなければいい。むしろ、『あなたのことはもうばっさり切って忘れました』という意思表示だろうか。『他人』である彼女の傍《かたわ》らを、凜生は素通りして駅に向かいながら考える。

本当を言うと、寧音が珀虎《はくと》を好きになればいいのになどと身勝手に思ったりもした。人を好きになることはそんなに単純ではないと、知ったばかりなのに。体育の授業で体操のペアでも組むみたいに相手を決められるほど現実は簡単ではなくて、みんな誰かといるより、空間を、部屋を、心を小さく区切って一人でいることに満足していたりする。

駅前が近づくと途端に人が多くなった。学校の最寄《もより》駅は、乗換えの路線も接続したこの辺りでは大きな駅だ。周辺には商業施設も充実していて、学生には帰りの誘惑も多い。駅への横断歩道を渡る凜生は、ふと視線を感じた。

交差点を臨むようにガラス張りの店内を覗かせている店は、どこにでもあるファストフード店だ。高校生も定番で利用している某ハンバーガーチェーン店で、そのカウンター席によく知る男がいた。

「珀虎」

ガラス越しに目が合って、思わず呟いた。


直前まで考えていたことを思うと、幼馴染《おさななじ》みと顔を突き合わせるのは気まずかったけれど、無視するほどでもないので凜生は店に入った。

「一人で珍しいな」

テーブルに近づき声をかけると、隣に座るよう勧《すす》められ、荷物のないほうに腰かける。テーブルにはハンバーガーのトレーを脇に避《よ》けるようにして、参考書が広げられていた。

「おう、最近はよく一人で飯食ってるよ。塾の時間まで中途半端《はんぱ》でさぁ。平日も増やしたから。家に帰るのは効率《こうりつ》悪いし、この店結構空《す》いてるから飯食いながら予習できてちょうどいいんだ」

「へぇ、知らなかったな」

「おまえはバイトバイトって、一目散《いちもくさん》に帰ってたからな。今日はいいのか？」

「六時からだけど……珀虎、夕飯がそんなんばっかりで大丈夫か？　家でちゃんと食ったほうが……」

健康の基本はバランスの取れた食事。母親のようなことを言いかけて、凜生は口を閉ざす。

専業主婦で料理の好きな母親の元で育った凛生には、家に帰れば温かな食事が待っているのは普通のことだが、誰もがそうとは限らない。

親が共働きで、両親とも大学の研究室勤務で忙しい幼馴染みの家は昔から留守がちだ。子供の頃、凛生の家に遊びに来ると、はっくんは母の手作り菓子に、「おまえの母ちゃんすごいな、すごいな！」と連呼《れんこ》したものだ。

「ちゃんと体のことぐらい考えてるよ。受験当日に風邪でぶっ倒れるような軟弱《なんじゃく》な体にはなりたくないからな。健康第一、おまえもそうしけた面《つら》すんな」

「べつにしけた面なんか……」

「してるだろ、最近。ただでさえなに考えてるか判んねぇところあるのに、毎日ぼけーっとしてさ……なんだ、もううまくいってねぇのか」

「なにが？」

凛生が鈍《にぶ》い反応を返すと、カップの底に残っていたらしいシェイクを、ズッと音を立ててストローで吸いながら八木沢《やぎさわ》は言った。

「決まってんだろ、おまえの初恋」

初恋。繰り出されたパンチのあるワードに凛生は口を半開きにしたものの、上手《うま》い返しが思いつかずにまた閉ざす。否定したいが、本当であるのをもう気がついてしまっている。

仕方ないので、肯定《こうてい》する方向で返した。

「べつにうまくいってるよ。毎日は会えないけどデートもしてるし、たまに電話もするし、メールしたら返事来るし。『宿題終わったか』とか、『早く寝ろ』とか……」

「なんか、だんだんショボくなってるぞ。不憫《ふびん》に思えてきたんだが」

「うっさい、社会人相手だといろいろあるんだよ」

「ふうん、だったらなんで浮かれた顔しねぇんだよ」

「一人でヘラヘラしてたら気持ち悪いだろ。これは眠いだけだって」

「なんだ、寝不足か。また鉛筆削《けず》りやってんのか？」

八木沢は軽く眉根《まゆね》を寄せる。部活動を中学時代から一度もやらない理由が、『時間の無駄遣いで非建設的だから』という幼馴染みは、当然鉛筆削りなんて究極の非生産的でインドア……机から一歩も動かず、鉛筆の先っぽを削るだけの趣味を、昔から白い目で見ている。ただ自分に損害があるわけではないから普段は口出しをしないだけだ。

凛生は毎日寝不足だった。再開した鉛筆削りはほぼ日課となり、適当なところで切り上げればいいものを、ムキになったように朝方まで続けてしまう。今朝はついに夜明けの遅くなった空が白《しら》み始めるのをショボつく目で見てしまった。徹夜だ。

やめられない理由はいくつかある。

「なぁ、最近湿度でも低いのか？」

『食うか？』と差し出されたポテトの残りに手を伸ばしつつ、凛生はぽつりと問う。急に天気の話を振られた八木沢は怪訝《けげん》な表情を浮かべつつも、律儀《りちぎ》に窓の外を見て応《こた》えた。

「まぁ、あんまり雨も降ってないし、高くはなさそうだけど……だいたい秋冬は乾燥してくるもんだろ」

日暮れの駅周辺を行き交う人の姿は、もうすっかり冬の装《よそお》いだ。星住《ほしずみ》に比べれば、この辺りは山からの風の影響も少なく、比較的暖かとはいえ、十二月に入ればコート姿も目立つ。

「それがどうしたよ?」

「芯が折れるんだ」

「……え?」

「だから鉛筆の芯がすぐボキッといくから、削っても削ってもやり直しで完成しなくてさ。昨日は……っていうか今日は、できるまでやめねぇって感じに意地になってしまって……」

予定どおりに捗《はかど》らないものだから、つい意地になって続ける。この数週間で、何本鉛筆を無駄にしたか判らない。ただリングを作りたいだけなのに。数珠繋《じゅずつな》ぎのリング——以前は難《なん》なく作れていたモチーフだった。

しかし、八木沢は同意しかねる表情だ。

「あのな、鉛筆の芯ってのは穴空《あ》けるほど削ったら普通は折れるもんだ。おまえが異常なんだよ、気象のせいにすんな」

「けど、今までほとんど折れたことなかったし。最近、ドーナツも前みたいに仕上げられなくなってきてる。一分で三十個できたドーナツが今じゃ二十八個しかあがらない。クラッシュピーナツのトッピングさえ均一《きんいつ》にならないんだ。六ミリの等間隔《とうかんかく》になるように振ってんのに、なんでか五ミリのところができてムラになる」

『はぁっ』と大きく溜め息をつけば、隣から溜め息の木霊《こだま》を返される。

「その話にはいろいろ突っ込みたいところがてんこ盛りだけどな。とりあえず、おまえの欲しそうな答えを先に言ってやる」

「答え？」

凜生は尋ねておきながら、解決方法が期待できるとは思っていなかった。

「はっくん、あるのかそんなの？」

「……はっくん言うな。そりゃあおまえが凡人《ぼんじん》に一歩近づいたんだよ」

「ぼん…じん」

「そうそう、湿度なんかより、おまえの手がブレてると考えたほうが自然だろ。おまえは今まで当たり前に軽々できてたことが、できなくなってるってわけ。大人になったら箒《ほうき》で飛べなくなった魔法使いみたいな？」

「そうなのか？　なんで？」

「知らねぇよ、そこは自分で考えろよ。なにか日常生活にストレスでも抱えてるんだろ。体が変調をきたすほどの」

「ストレスなんてべつに……」

今感じているフラストレーションは、紙パックの底に残った干からびたポテトを指で探り出す作業くらいだ。けれど、幼馴染みの眼差《まなざ》しに、言葉の裏にあるものを察してしまい、凜生は眉を顰《ひそ》めた。

「珀虎、店長とはうまくいってるって言ってんだろ」

店で揉《も》めたばかりなのは言う気になれなかった。言えばきっとそのせいだと突《つ》かれるだろうし、凜生が調子を崩《くず》したのはそれ以前からだ。

「不満なんて、しらずしらずに溜《た》まってるもんだ。体は一番正直なんだよ」

「だから不満なんて……」

鉛筆削りを夜通し続ける理由が折れる以外にあるとするなら、それはずっと倉林の面影《おもかげ》が頭にチラつくからだ。

詳細な記憶の再現だけでなく、まだ見ていない姿も。想像の倉林は、いつも現実を凌《しの》ぐほど艶《なま》めかしく動く。いや、そうやって頭に描いた倉林の像を、動画のように動かしているのは自分だ。

もしかして、本当はアレを現実に見たいと思っているのか。

キスだけできれば充分なんて言ったのは嘘で、本音は――

「コーヒーもらってくる。凜生、おまえもなんかいるか？」

席を立つ八木沢に声をかけられ、凜生はぼんやりしてしまった顔を上げた。

腹はまだ満たされていなかったので、結局チーズバーガーを食べた。塾に向かう八木沢と一緒に店を出て、駅のほうへと歩道を歩き出す。コートのボタンを留めながら歩く男が言った。

「今度、おまえのバイト先にドーナツ食いに行くかなぁ」

「え、なんで?」

「だって、話題の『店長』さんってのが俺も気になるじゃん」

「いいよ、冷やかしはやめてくれ。だいたいあの店は駅から離れてるし、わざわざ行くのは……」

倉林をからかうようなことはしないと思うけれど、また機嫌を損《そこ》ねるようなことがあっては困る。それに、他人の動向はあまり気にしない凜生も、さすがにそんな目的で店に来られるのは嫌だ。

きっぱり断っておこうと口を開きかけ、そのまま凜生の視線は歩道の先に釘《くぎ》づけになった。

駅の改札へと続くコンコースの入り口に、私服姿の倉林が立っていた。茶系のズボンにカーキ色のコート。休日の装《よそお》いの男は誰か待ってでもいるのか、ぼんやりとそこに佇《たたず》んでいて、凜生がじっと視線を送りながら近づくとこちらに気づいた。

「あ」

そんな微《かす》かな声さえ聞こえたようだった。凜生は自然と歩調を上げかけ、そして唐突に速度を落とした。

倉林の背後から、見知った男が勢いよく姿を現わしたからだ。

「店長～！」

店でも相変わらずだが、外でも騒々《そうぞう》しい仲川《なかがわ》の声だ。通行人まで何事かと振り返り見ている。

「ありました。やっぱりレジでした！」

なにか小ぶりの紙袋を手にしているが、そんなことは凜生にはどうでもよかった。何故、仲川が一緒にいるのか。倉林は今日は休日ではなかったのか。私服姿から言って、仕事である可能性は限りなく低い。

そんなこと、気になるなら本人に直接問えばいいだけのことなのに、凜生はそうしなかった。倉林が自分に気づいているにも関わらず、目を背《そむ》けて表情もなく前を行き過ぎる。

無視したかったわけじゃない。けれど、結果的にそうしてしまった。まるで突然そこに分厚《ぶあつ》いガラスの壁ができたみたいに、話しかけるという選択肢は凜生の中から消えていた。

改札に向けて急ぎ足になる凜生に、八木沢だけが訝《いぶか》る声をかけてくる。

「凜生？　どうかしたのか？」

「いや、べつに……」

なんだろう。二人を見た途端に、不快な感情に飲まれた。見ず知らずの人間が、訳知り顔で家の中へとズカズカ上り込んできたみたいに気分が悪く、しかも居座って出て行こうとしない。

「いつまでも隠し通せると思うなよ。今度、抜き打ちで行く。貴重な塾のない日を使ってやるから、感謝しろ？」

たった今、擦《す》れ違《ちが》ったばかりとも知らない八木沢だけが笑ってそう言った。

電車の中で出入り口付近の手摺《てすり》を中心に並び立った仲川《なかがわ》は、申し訳なさそうにその大柄な肩を丸めていた。

「すみません店長、俺が買ったもの受け取り忘れたりしなければすぐに帰れたのに。つか、わざわざ待ってもらって」

「いや、べつにいいよ。今日は仕事休みで暇だったし。仲川くん、これから店だろう？　よろしく頼むよ」

倉林《くらばやし》は曇《くも》った顔をどうにか動かし、店長のスマイルを取り戻す。

仲川に会ったのは偶然だ。暇だったので午後から買い物へ出て、デパートをうろついていたら声をかけられた。平日のデパートは閑散《かんさん》としていて、目にも止まりやすかったのだろう。

「はい、頑張ります！　おかげで無事に買えて、悩みも一つ減ったんで！」

座席の乗客も驚いてこちらを仰《あお》ぐほどの大きな声を発しつつ、浮かれた仲川は紙袋を掲《かか》げ見せる。中身は女性用のアクセサリーだった。彼女へのプレゼントを一緒に選んでほしいと言われて付き合ったのだが、倉林も女性について詳しくはない。アドバイスをしたのは、結局ほとんど売り場の女性店員だ。

けれど、そうした店へ一人で近づくこと自体が、仲川には難関だったのだろう。

『友達でも誘えばよかったんじゃないか？』と尋ねると、『みんな冷やかしてくるんで』と決まり悪そうに言った。彼女ができたくらいで一大事。そういう年頃なのだと思えばなんとも微笑《ほほえ》ましい。

「きっと喜んでくれるよ」

倉林は笑いかけたが、自身の悩みのほうは一つ増えた。

いや、増えたというより膨《ふく》れたのか。

凜生《りお》に目を逸《そ》らされた瞬間を思うと、再び表情は曇る。車窓《しゃそう》を流れていく見慣れた景色は、夕日にまだ赤く色づいているのに、倉林の目には暗い日没だった。

気のせいなんかじゃない。確かに目が合ったのに、無視をされた。昨日のことを怒っているのか。あるいは学校帰りの制服姿で、友達と一緒のようだったから顔を合わせたくなかったのかもしれない。同年代なら『誰？』『友達～』ですんでしまうものが、相手が自分となると途端にややこしくなる。

――まぁ、仕方ないか。

久しぶりに馴染《なじ》んだ諦《あきら》めの言葉を思い浮かべながらも、強張る表情を変えられない自分がいて鬱陶《うっとう》しい。

バイトに向かう仲川とは降車駅も当然同じだった。平静を装《よそお》うのも四苦八苦《しくはっく》で、帰路《きろ》の途中で別れると正直ほっとした。

太陽は山影へと沈み、数多《あまた》の星が空へ。一日は終わりに向けて加速する。倉林は向かい風の冷たくなった道を、抗《あらが》うようにやや前のめりに歩き続け、安らげるはずの自宅が見えてくると上着のポケットを探った。

家を囲《かこ》む垣根《かきね》を前に、早々《そうそう》に鍵を取り出すのは癖《くせ》だ。玄関のポーチの明かりが人感《じんかん》センサーが反応して点《とも》ると、『そうだった』とちょっと驚く。『暗いの危ないでしょ』と言って、長い間切れていたライトに、新しい電球を入れたのは凜生だ。

未《いま》だ、その眩《まぶ》しさに戸惑う。迎える明かりのない暮らしに、倉林の体は長い時間かけて慣らされ、すっかり順応《じゅんのう》してしまっていた。

けれど、今明かりを完全に失ったら、それもまた戸惑うのだろうと思う。手元を照らしてくれる光を知ってしまえばもう、居心地の悪い暗がりには戻れない。

鍵を開けて家に入る。自宅に戻っても気は晴れなかった。それどころか、引き戸を閉じると同時に、一層滅入《いっそうめい》る。『なんで無視するんだよ～』と笑って問い詰めればよかったのか。制服の背中を叩いて、それこそ高校生の気安い仲間みたいに——

「……無理に決まってんだろ。俺、二十九歳だぞ」

しかも、年が明ければ三十路《みそじ》だ。

なんの解決にもなっていないボヤキ。自分を追い詰めただけだったが、それでも吐き出したのがよかったのか、少しだけとっかかりになって気分が上向《うわむ》く。

とりあえず玄関から動き出した。

明かりを点《つ》けた居間でコートを脱ぎ、ソファの背凭《せもた》れに引っかける。駅前のコンビニで買う予定だった弁当を忘れたのに気がつき、しばし夕飯に頭を悩ませた。自炊をする気分ではないけれど、かといって再び出かけるほどの気力もない。カップ麺《めん》でも探そうとキッチンの棚《たな》に向かったときだ。

玄関のチャイムが鳴った。

もちろん人の来る予定などない。訝《いぶか》しんで恐る恐る玄関に近づくと、引き戸の擦《す》りガラス越しに、背の高い男の影が見えた。水槽《すいそう》の魚のようにゆらゆら揺らいでいる。

ドアを開けて確認する前から、シルエットだけで誰だか判っていた。

「凜生、どうして？」

扉を開けた倉林は目を瞠《みは》らせる。

凜生の肩は上下していた。荒く上がった息を煩《わずら》わしげに飲み、その目は中を窺《うかが》うように廊下の先を見つめたかと思うと、玄関に並んだ靴の上を彷徨《さまよ》ってから、再び倉林を見た。

「家にいたんだ、仲川さんはっ？」

「は？」

「さっきっ、仲川さんと、一緒だったじゃないですか。電車乗るの、見えてっ……俺は、家帰ったんだけど、やっぱっ、ちょっと気になってっ……」

ちょっとじゃないだろう。息が上がるほどの勢いで、家まで押しかけてきたらしい凜生の姿に、倉林はただただ驚いて戸惑う。

「なんで、仲川くんがうちにいると思って……とにかく、中に」

ポーチの明かりの下から玄関内に招く。

「彼なら店に行ったよ。今日、夕方からのシフトだろ」

見るからに、『なにを言ってるんだ』という表情をしてしまったのだろう。凜生はむすりとした声を頭上から降らせる。

「由和《よしかず》さんみたいに、あの人のシフトまで覚えてませんよ」

「俺は店長だから把握《はあく》してるだけだ」

「……判ってますよ、そんなこと。俺が勝手に気に食わないだけです」

「気に食わないって……」

急に訪《たず》ねてきた凜生は、想像の範疇《はんちゅう》にない言葉ばかりを口にした。

開きかけた口を一瞬躊躇《ちゅうちょ》したように閉ざし、一呼吸置いてから応《こた》える。

「俺、気になるみたいで。あの人、俺より仕事できる新人なんだもん。おまけに年上だし、由和さんは褒《ほ》めるし、なんかこそこそと話してたりして、ツリーまで持ってかれるし……って、俺なに言ってんの。ドーナツなんかどうでもいいのに、すげえ食い意地張ってるみてぇじゃん、これじゃ」

勝手に言葉を連射《れんしゃ》して、自《みずか》ら被弾《ひだん》して、頭を抱《かか》えるような声を発する。

こんな凜生は初めて見た——いや、あの日自転車でうちにやって来たときも、こんな目をしていた。

「あのドーナツさ、由和さんが作ったでしょ」

「あ……ああ、うん。グレース塗《ぬ》ったのは君だけど」

面食《めんく》らう倉林は、間抜けな受け答えだ。

「だから欲しかったんだよ。ずっと判んなかった。そんなはずないって思ってたけど、たぶん……いや、俺は絶対嫉妬してんですよ。ガキのみっともない嫉妬。どうにもならないんです。頭で理解してても、思うように抑《おさ》えられないっていうか」

「凜生……」

「さっき友達に言われたんだ。由和さんはさ、俺の初恋なんだって。違うって言えなかったよ、だって本当だと思ったから」

はにかみのような悔《くや》し紛《まぎ》れのような笑みを凜生は浮かべる。倉林も『初恋』の言葉を否定したりはできなかった。相変わらず見た目は涼しげな顔してるくせして、言った瞬間の眸《ひとみ》が泣きそうに泳いで見えたから。

「仲川くんは買い物にちょっと付き合っただけだよ。デパートで偶然声かけられて……彼女の誕生日プレゼント、探しに来たんだって」

「……彼女？」

「そう。初めての彼女らしいよ」

仲川のプライベートを明かすのは気が引けるが、非常事態だ。

「なんで由和さんがそんなのに付き合うんですか？」

「ちょうどいいやと思って……俺もプレゼント迷ってたから。仲川くんなら欲しいもの判るかなって。年も近いし。けど、君と彼じゃタイプが違うから、聞いてもあんまり参考にならなかった」

「……俺？」

「もうすぐクリスマスだろ。俺だって、そのくらい考えるよ」

どこに行ってもこの時期はクリスマスムード一色だ。商品のドーナツまでツリーの形をしているとあっては、忘却《ぼうきゃく》のしようもない。

イベントにそろそろ……いや、だいぶ前から興味の薄れていた倉林ですら、年下の恋人と過ごすクリスマスを意識した。

「君は忘れてた？」

「忘れてないよ。イブに休み無理でも、週末に会えないかなと思ってたし」

即答に倉林はちょっと笑う。凜生はただじっと見つめ返していたかと思うと、急に肩に引っ提げたナイロンバッグを探り始めた。

懐《なつ》かしい感じのする鞄《かばん》だ。スポーツバッグのような形の紺色の鞄から、凜生は半透明の細身の筆箱《ふでばこ》のようなプラケースを取り出した。

「これ、べつにプレゼントってわけじゃないけど」

「……なに？」

「前にさ、俺の鉛筆彫刻《ちょうこく》もっと見たいって言ってたから。リング彫《ほ》ったんだけど、知ってる？」

なにか黒っぽいものが見えると思ったら、鉛筆らしい。

「あっ、ネットで見たよ。鉛筆の芯《しん》を彫ってチェーン状にするんだろう？　君もできるんだ。すごいな、見せてくれよ！」

倉林は身を乗り出した。鉛筆の先が数個のリングの鎖《くさり》になった鉛筆彫刻をネットで目にしたのは、凜生がどんなものを作っているのか気になって調べたからだ。常人では真似《まね》できそうにない作品の数々は、画像でもマジックのようだった。

興奮した倉林を前に、凜生がケースを開く。『ほら』とややぶっきらぼうに取り出されたものに、倉林の反応は鈍《にぶ》った。

「……なにこれ」

掬《すく》い上《あ》げた凜生の指から、鉛筆はしなやかに垂《た》れ下《さ》がる。

いや、鉛筆ではなく、かつて『鉛筆であったもの』だ。想像する姿とはまるで違っていた。

「え、うそ……嘘、どうなってんの……」

「どうって、チェーンになってるだけだよ」

「けど……ええっ！」

鉛筆が本来の役割を果たすために必要な木材の軸《じく》が影も形もない。よくある黄色い鉛筆だったのか、それとも緑か、丸か六角形かも判らない。

端から端まで、黒鉛《こくえん》と粘土《ねんど》を主成分とした芯しか残っていなかった。そして、端から端まで芯はリングのチェーンに形を変えていた。

一体何個のリングがこのチェーンを構成しているのか。

「えっ、ちょっと凜生っ……」

左手を摑《つか》んで引っ張られ、手首に乗せられた倉林は焦《あせ》りの声を上げる。しれっとブレスレットのように回しかける男は、不本意そうに制作状況について語った。

「なんか調子悪くて失敗ばっかりするし、散々《さんざん》だったんだけど。この端の留め具、初めて作るから上手《うま》くいかなくて、最後の最後でぽきっとやったり」

T字状の極細いフックをリング穴に引っかけ、留めるようになっている。

それを構成しているのももちろん芯だ。

今にも折れそうな鉛筆の芯。

「は、外してくれ」

「なんで？　由和さんにあげるよ。気に入らなかった？」

「気に入るとか、気に入らないとかじゃなくて、こんなの折れたらどうすんだよ！」

自分で外すことすらできずにあたふたとしてしまう倉林に、くすりと凜生は笑《え》んだ。

久しぶりに笑顔を見た気がした。

「昨日はごめん。これ……作ってる間は由和さんのことばっかり考えてた。そんなつもりなくても、いつも勝手に頭に浮かぶんだ。なんでだろうね」

今笑った顔が急に近づいてくる。

背の高い男は、慣れた仕草で軽く首を傾《かし》げたかと思うと、唇の触れ合いそうな位置で告げる。

「何度も思い出したよ？　由和さんとしたキスのこと」

「凜生……」

「それだけじゃない。まだ見たことがない表情とか、知らない部分とか……まぁ、ようするにエロいことばっかなんだけど、俺って、実は欲求不満だったみたい」

唇を寄せたまま喋《しゃべ》るから、動きに合わせて何度か掠《かす》める。まとわりつく風のようにくすぐったく撫でるその感触に、倉林は不貞腐《ふてくさ》れたような声を漏《も》らした。

「草食のくせしてよく言う」

そういえば確かにキリンみたいだ。

背が高くて、首も長くて。睫《まつげ》だって無駄に長い。

心の中でも悪態《あくたい》をついてみるけれど、現実はすぐ近くにあるその淡く茶色がかった眸に魅入《みい》られ、覗き返してしまう。

「草食？　俺、肉大好きだけどな」

「そういう意味じゃないの判ってんじゃないのか？　なにが、『由和さんの言うとおりにしてもいい』だよ。しれっとした顔して、人のことからかって振り回して、またこんな急に……」

「俺、一度も由和さんのことからかってなんかいないよ」

「キスしたくせに」

「だってキスはしてもいいって言ったでしょ？　だからしたよ……こんなふうに」

会話しただけで触れ合う唇は、ほんの僅《わず》かに凜生が身を傾げただけで、ぎゅっと合わさる。

悔しくて絶対に受け止めてやるものかと思ったけれど、何度も繰り返し強く押しつけられると、波に打たれて脆《もろ》くも崩《くず》れ去《さ》る砂山みたいに倉林は陥落《かんらく》した。

「ん…っ……」

するっと入り込んでくる舌に歯列《しれつ》を割られ、侵入《しんにゅう》を許す。からませた舌を艶《なま》めかしく擦《こす》り合《あ》わせて動かされると、重力に任せたように官能《かんのう》が身を駆け下りる。

足先まで下ったら、きっと立ってもいられなくなる。そんな心配が頭に浮かび、実際くずおれそうになったところで、ようやく顔が離れた。

「……こっ、こういうのが嫌なんだって」

「キス?」

「いっつも人のこと煽《あお》るみたいなキスばっかりして……俺だってなんにも感じないわけないだろ。不感症じゃないんだから。恋人じゃないのかよ、おまえ」

顔を俯《うつむ》かせた倉林は逆切れ気味に言った。

そうでもしなければ、言えるはずがない。矛盾《むじゅん》している。付き合っても節度《せつど》は必要だなんて、高校生であるのを理由に突っぱねたのは自分なのに。

凜生は反論しては来なかった。

急に大人びた表情をして、倉林を宥《なだ》めるように言う。

「ねえ、前にさ、ドーナツの穴の話をしてくれたでしょ。ドーナツの穴って、空洞《くうどう》でなにもないはずなのに、目には存在しているように見えるって」

「え、ああ……そんなこと言ったかな」

「あのとき由和さん、園田《そのだ》って奴のことがドーナツの穴と同じだって言ってた。もう気持ちなんてないのに、思い出やらが残ってるからいつまでもあるように思えてしまうんだって」

覚えている。確か山の展望台で、星と街の夜景を見ながら話したときだ。亡霊のような恋の残像《ざんぞう》に囚《とら》われた日々から、たぶんあの夜を境《さかい》に解放された。

「だったらさ、今の俺はドーナツそのものなんじゃないかな」

「そのもの？」

「だって、俺と由和さんは現在進行形なんだから、空っぽの穴じゃなくてリングのほうでしょ？　確実にそこにあるのに、ない振りなんかしようとするから、変なことになるんだと思う」

「ドーナツのリング……」

考えてみたこともなかった。

「そう、だから好きなのに卒業するまでなしとか、無意味なことやめようよ？　てか、やめてください」

顔を起こして見つめた眸は、やっぱり揺れていた。『お願いします』と殊勝《しゅしょう》に言われると、倉林はくすぐったい気持ちで思わず頬を緩《ゆる》ませる。

もういい。なんだかどうでもよくなった。くだらないと思ったのは恋心じゃなく、自分で作ったルールや迷いのほう。ふっと鎖《くさり》が解《ほど》けたみたいにバカバカしく感じたら、恋を歪《いびつ》にしていたのは自分だと認めざるを得なくなって、『ごめん』と謝ろうとした唇は凜生のそれに塞《ふさ》がれていた。

倉林からも伸び上がって唇を押しつけた。

勢いよく腰を落とすと、ベッドのスプリングは柔らかく弾《はず》んで倉林の視界を上下させる。

不意打ちで押し倒されたときのような驚きはない。自《みずか》ら望んでそうしたのだ。話をしていた玄関先から家に上がった二人は、どちらからともなく二階へ向かった。

自室のベッドに座ると、今度はあっという間もなく、上下した倉林の視界はぐるんと回って天井になる。

「ちょっ、ちょっと待った！」

視界に割り入った凜生は、途端にむっとした表情を浮かべた。

「由和さん、『気が変わった』は無しですよ。卒業したらも受験が終わったらも冬休み来てからも全部ナシ」

冬休みまでもうあと二週間も残っていないはずだが、それすらも待てないらしい。こないだまで、余裕綽《しゃく》々《しゃく》の態度をしていたくせして言うことが極端だ。

倉林はそんな我慢の効かない年若い恋人の眼前に、左の手首を突き出す。

「そうじゃなくて、これっ、これを取ってくれ」

鉛筆の芯のチェーンブレス。すっかり肌に馴《な》染《じ》み、忘れそうになっていた。切れていなくてよかったとほっとする倉林に、凜生はまるで意に介した様子もなく微笑《ほほえ》む。

「そんな焦《あせ》んなくても、切れたらまた作ればいいし」

「作ればって……」

「それよりさ、由和さんがじっとしてくれてたらいいんじゃないかな」

「え……」

凜生は悪戯《いたずら》っぽい表情を浮かべた……ような気がした。一瞬で顔を伏せられてしまってよく判らない。

栗色のさらりとした髪が、手の甲《こう》を掠《かす》める。ブレスの回った手首に柔らかな唇を押しつけたかと思うと、凜生はその手を頭上の枕の辺りに移動させた。まるで、ここで大人しくしておいてと言わんばかりだ。

「いいから、早く外せって……」

「大丈夫、案外丈夫だから。たぶん」

大丈夫とたぶんじゃ違いすぎる。抗議の隙は与えられないまま、すぐに唇が降ってくる。

「んっ」と倉林は声を上げ、僅《わず》かに震えた身の振動《しんどう》にすら緊張感が走った。今にもぷつりと千切《ちぎ》れそうな、デリケートな細い鎖。身を固くしてキスを受け止める。

思いがけない方法で自由を制限され、調子づいたものは艶めかしく口腔《こうこう》へと侵入してきた。凜生の唇はいつも少し冷たい。けれど、伸ばされた舌は温かく、絡《から》みつく仕草はキスの始まりの温度なんて忘れるほどに熱っぽい。

戯《たわむ》れなんかじゃない、本気のキス——

「あ…んっ……」

息苦しさに倉林が無意識に顎《あご》を引けば、唇はどこまでも追いかけてくる。

「……んうっ」

高校生は肺活量《はいかつりょう》も上なのか。ちっとも呼吸の不都合などない様子で、凜生は隙間なく唇を塞《ふさ》いでは舌を捻《ね》じ込《こ》んできた。ざらついた上顎の裏やら、舌の根っこのほうやら、感じる場所をゆるゆると探られ、ぞくぞくとした震えを倉林はその身で覚える。

軽く重なり合った腰が早くも熱い。ちょっと深く圧《の》しかかられただけで、芽吹《めぶ》いた秘密が知れてしまいそうだ。

ぐっときつく触れ合わさりそうになって、倉林は頭上に掲《かか》げた左手だけは動かさずに身を捩《よじ》った。

「嫌っ……」

「……嫌って、なにが？」

言葉にできるわけがない。ズボンの下で起こっている変化のことなど。唇を噛《か》んで瞼《まぶた》を伏せ、緩く頭を振ると凜生は密《ひそ》やかな声を発した。

「由和さんって……」

「……な、なに？」

「こうしてるときは、なんか年が近くなったみたいに感じる。セックスに大人も子供も関係ないからかな」

まったく無関係ではないと思う。きっと経験がものをいう。けれど、男同士でのセックスは自分のほうが慣れているはずなのに、凜生には翻弄《ほんろう》されてばかりいる。今だって、すっかり為《な》されるがままだ。

でも——

でも、嫌じゃない。自分は凜生に触れられたがっている。身動き取れない左手も、きっと言い訳でしかないくらいに。

「……ふ…あっ」

するっと体を這《は》った手のひらの感触に、倉林は吐息を漏《も》らす。唇から華奢《きゃしゃ》なおとがい、そして首筋へと啄《ついば》む唇を移しながら、凜生の指は薄手のニットの下にあるものを探り出した。左右の胸元にある引っかかり。微《かす》かだった異物は、爪先《つめさき》を何度も立てられるうちに衣服の下でも判るほどぷっくりと尖って、執拗《しつよう》に弄《いじ》る男の指先を楽しませる。

「……んんっ、あっ」

倉林は頭を振って、軽く身を揺すった。深く伸びる根っこのように、疼《うず》きは体を四方に侵食《しんしょく》していき、抗《あらが》えない快感へと変わっていく。明確な意図《いと》を持って、服の上からすりすりとそこを指の腹で摩《さす》られると、自然と背は弓なりに反《そ》り返って胸が浮く。

くすぐったいのにもっと欲しい。触れるほどに強くなる痒《かゆ》みみたいだ。

「あんっ……」

こらえ切れなくなって、上擦《うわず》る声が零《こぼ》れる。

「由和さんて乳首好きなの？」

淫《みだ》らな質問には、返事の代わりにコクコクと頷いた。

もう隠してもしょうがない。性の対象が男であるのも、感じやすいのも……それから、本当は凜生にずっとこうして欲しいと思っていたことさえも、全部自分でぶちまけてしまった。

「んっ、うぅ…ぁ…んっ……」

むずかるように身をくねらせると、覆《おお》い被《かぶ》さっていた男の体が、するりと背後に回った。

「……り…お？」

不安げな声を放つ倉林の体は、両脇から回った長い腕に抱きすくめられる。

高校の制服の腕だ。意識した途端、背徳感も膨《ふく》れた。

「あ……」

たくし上げられたニットが、首の近くで襞《ひだ》を作る。長く綺麗な指が色づいた乳首を摘《つ》まむのを目撃してしまい、泣きそうな震え声が出た。

「ひぁ…っ……」

熟《う》れて色づいた粒を圧迫《あっぱく》されると、それだけでジンとした疼《うず》きが腰に纏《まと》わりつく。きゅっと引っ張られれば、倉林の白い顔はもう血を上《のぼ》らせて赤く染まった。

「あっ、や……やっ……」

敏感《びんかん》な皮膚がやんわりと擦《こす》れる。右も左も凜生は取り残さないように愛撫を施《ほどこ》し、吐息とともにうなじに押し当てられた唇の感触に、倉林は肌を震わせる。

「……いい？」

短い囁きにさえ、ぞくんとなった。

「あっ、あっ……凜生っ……」

もうくすぐったさなどではない、確かな刺激。まるで小さな性器であるかのように、乳首を扱《しご》かれ、倉林は無意識にもぞもぞと膝《ひざ》を擦り合わせて感じているのを知らしめる。

「んん…っ……あ……」

眦《まなじり》には濡れた感触を覚えた。痩《や》せて隆起《りゅうき》の目立つ腰骨を辿《たど》り、片手を前へ回されると、中心に触れられるのを想像して気持ちが高ぶる。

「……やぁ…っ」

下着は重たくなっている感じがした。スラックスの前が開かれ、濡れてまとわりつく布をずらされる。乳首だけで達しそうなほどに育った倉林の性器は、先走りにしとどに濡れて、待ち侘《わ》びていたかのように縁《ふち》からぬるっと飛び出した。

「……すごいね、もうこんな……」

「あっ、あぁっ……」

イってしまったと錯覚《さっかく》するような勢いで、ぴゅっぴゅっと透明な雫《しずく》が滴《したた》る。凜生の手に濡れそぼつ昂《たか》ぶりを扱かれ、自然と前後に腰は揺れた。

「ふ、あっ、あっ……」

「……嬉しいな。本当だったんだ」

「あっ、なっ……なにっ、がっ？」

「由和さんも、キスだけじゃ本当は物足りなかったって話」

「それ…はっ……あっ、だめ……それ、強くしたらっ、だめ……あっ、あんっ……」

「ね、もっと取り返さないと……無駄にしちゃった時間」

「むだ、てっ……やっ、や…ぁ……」

取り返すという言葉の意味は、倉林の頭には入ってこない。ただ愛撫の手が根元から亀頭へと行き交う度《たび》に、腰が蕩《とろ》けてしまいそうなほどの愉悦《ゆえつ》が湧き上がる。

はぁはぁと傍《そば》で響く、互いの息が騒がしい。高鳴る鼓動《こどう》まで、どくどくとうるさい。

「もう……してもいい？」

荒い息遣いの合間に、凛生の切羽《せっぱ》詰まった声が響いた。

「このままイカせてあげたいけど……ごめん、無理っぽい、我慢できないや……想像以上にエロいんだもん、由和さん」

さっきまで存在を主張していなかったはずのものが、凛生の制服の中心にはっきりと感じ取れた。背後から抱きしめられた倉林の腰に当たっている。

いや、当たっているのではなく、押しつけられているのかもしれない。

「りっ、凜生……」

「……ね、うつ伏せとか、できる？」

凜生はまだ少し勝手の判らない様子で、頷いた倉林の身をベッドに伏せた。スラックスや下着を脱がせ始め、最初遠慮がちに思えた手つきは、肌が露《あら》わになるに連れて性急になった。

日に焼けたことなど、子供の頃以来ない真っ白な臀部《でんぶ》。女性ほど厚みのない柔らかな肉を左右に分けた凜生は、背後でごくりと喉《のど》を鳴らす。

「やば……ヤバいな、これ……」

なにがヤバいのか、判然としない。曖昧《あいまい》な言葉に、晒《さら》された部分がきゅんと縮《ちぢ》む。

男同志で最後までするにはそこしかないと判っていても、性交のための器官として見つめられるのは恥ずかしい。今までにない羞恥《しゅうち》を覚える。

久しぶりの感覚だった。ブランクのせいか、相手が凜生だからか。男は初めてである凜生の目にどんなふうに映っているのだろうとか、感じすぎて浅ましく見えやしないかとか、少しだけ冷静になった頭で考える。

前はそんな心配はしなかった。

それほど、凜生を好きになってしまっているのだと思えば、ささやかな不安も愛《いと》おしさに変わる。

「ふ…うっ……あっ……」

軽く腰を浮かされ、先走りに濡れた指が狭間《はざま》をぬるりと這った。窪地《くぼち》に下りた指は、過敏《かびん》に収縮《しゅうしゅく》する入口を綻《ほころ》ばせようと、撫《な》でたり擦ったり。慣らされて指を飲み込む頃には、倉林ももう余計なことは考えていられなくなった。

「あっ、あ……あぁっ……」

「……指だけじゃ無理かな。こないだもすげ……キツかったし……」

「……ひ…ぁっ」

思いも寄らない刺激に驚き、身を竦《すく》ませる。ひらめく濡れた感触は、背を丸めて顔を寄せた凜生が、そこへキスを施《ほどこ》したからだった。

「ばか……君はそんなのっ、しなく…て、いいから…っ……」

「……ほかの奴にはさせたの？　ここにキスもさせた？」

「え……あっ……」

指で割って開かせた綻びに舌を抜き差しされて、倉林の唇からは答えではなく嗚咽《おえつ》めいた啜《すす》り喘《あえ》ぎが零《こぼ》れ始める。

「ふ…ぁっ……あっ、あ……」

下肢《かし》のほうから響く、卑猥《ひわい》に濡れた音。粘膜《ねんまく》をなぞる柔らかな舌の動きは優しい。むず痒いような快感は生まれた傍から甘さへと変わり、倉林の身も心も蕩《とろ》かせる。

「凛生…っ……ひぅ……」

埋《う》まる長い指は感じる場所のこともしっかり覚えていて、指の腹で前立腺《ぜんりつせん》にほど近いところを揉み込まれると、上向いたままの性器から雫がシーツを打つほどに散った。

やがて自ら服を脱いだ凛生は、準備を施した場所に熱の塊《かたまり》を宛《あて》がう。

「……俺も、する。全部する」

負けず嫌いの子供みたいな言葉だ。そういえば、あのときもそうだった。園田《そのだ》に会いに行った日、凛生はムキになったように絡《から》んできて、すべてを欲しがった。

「……んなに慣らしたのに、まだキツイな」

じわりと身を開かされる衝撃を覚える間もなく、狭間《はざま》を分ける熱はずるっと滑《すべ》って、狙いを外す。上手《うま》く的《まと》を射《い》ることなく、二度三度。こんなところまであの日と同じだ。

「あぁ…っ、や……」

「痛い？」

「んっ、ん…ぁっ……もっ……」

「どうやったら入んだよ……これっ……」

互いの息づかいだけが大きくなり、凛生の荒い息には次第に焦りが感じられた。

受け入れたいのに、上手くできない。特別狭い自覚はないけれど、キツくて気持ちいいと喜ぶ男はいた。倉林のほうはそんな風に無理矢理されると、勢いでどうにかなっても翌日辛い思いをすることもあって、あまり……というか、全然好きなやり方じゃなかった。

力任せに突き入れればできることぐらい、凜生だって判っているだろう。ただ、そうしたくはないらしい。まだ子供に片足残している年齢の男なのに大事にしてくれている。

切なくて、甘い。まだどこも繋がれてもいないのに、体が熱を持つ。

「……凜生」

「ああ、くそっ……やばい、もう」

凜生は倉林の首筋に歯を立てながら、自棄《やけ》になったように言った。

「……ね、俺が前みたいに先イッても、笑わないでくれる？」

「……嫌だ」

「え……？」

「ちゃんとしてくれないと、嫌だ……だって、もっ……こんな、なってるのに……」

満たされないまま凜生を欲し、倉林の性器は擡《もた》げた頭を震わせていた。小さく尻を揺すっただけで敏感な尖端がシーツに擦れ、「あっ、あっ」と啜り喘ぐ倉林に、凜生が背後で息を飲む。

「……由和さん」

「あっ……つっ、つくえ」

「……机？」

「机の、引きっ…出しの、取って……」

凜生は言われるままベッドを下り、裸で壁際の机に向かった。何気ない仕草なのに、後ろ姿が美しい。細身の長身ながら均整の取れた裸体に、まともに目にした倉林はどきりとなる。もうこれ以上ないほど欲情しているのに、もっと欲しくなった。

そんなこととは知らない凜生は引き出しを開け、何故か定規《じょうぎ》を掲《かか》げた。

「これ?」

変な趣味でもあると思われたのか。

「ちがう、そっ、そっちじゃなくて、袖机《そでづくえ》の」

「ああ……」

正しい場所を開けた凜生は、今度はなにも問わなかった。『正解』を摑み取ってベッドへ戻ってくる。むすりと機嫌を損ねたみたいな顔なのは、予想外だ。

「なんでこんなの持ってるの?」

「なんでって……必要だから……」

「でも、こっちに戻ってからはあいつには会ってなかったんじゃないの?」

また園田のことを言っているのだと判る。

凜生に取りに行かせたのは、小さいボトルに入ったローションだ。まさか潤滑剤《じゅんかつざい》が家にあったくらいで、そっち《そこ》に疑いが向かうとは思いも寄らない。

「バカ、なに考えて……別れたの何年前だと思ってるんだよ。買ったばかりだ」

「えっと、じゃあ……一人エッチ用？」

「ちがっ……あっ、相手がちゃんといるだろ」

「……って、俺とは卒業までしないんじゃなかったの？」

「ま、万が一ってこともあるかもしれないから、その……念のために」

倉林の声は次第に尻すぼみになる。

「備えあれば憂《うれ》いなし？」

機嫌を取り戻したらしい凜生は、熱をもったままの中心を隠すように身を縮《ちぢ》こまらせた倉林の背にキスを落とす。

「……ああ、でもこれちょっと減ってるっぽい」

「うそっ、それ使ってないし……」

「それって、ほかのは使ったとか？　なにしたの？」

「しっ、してない……なにも」

「大人は嘘つくから信用できないな。由和さんは、あんまりその嘘が上手じゃないみたいだけど」

反論はできなかった。

「んんっ……」

少しひんやりしたものが、狭間へと垂らされる。体温を馴染ませるように塗り込められる間もなく、さっきまでの抵抗感は嘘のようにぬるっと指は二本纏《まと》めて入ってきた。

「よかった、ちゃんとできそ……」

「あっ、待って……また、そこっ……」

「由和さんのいいとこでしょ?」

「でもっ、あぁっ……やっ……」

じわっと力を入れて中の浅いところを押し上げられると、ピストンででも押されたみたいに先走りが溢れ出す。

「あ…ひっ、やっ……だめ、だめっ……」

「なんで? 扱かれるの、嫌い?」

勃起を確かめるように手を回された倉林は、触れられるのを激しく嫌がった。シーツの上へと突っ伏し、べしゃりと上半身を崩しながらも、両手でその手を引き剝がそうとする。

「……イク…っ…も、イっちゃいそうだからっ……」

「……じゃあ……しないから、代わりにやっぱこっちからしていい?」

「え……あっ……」

フライヤーの中にぷかぷかと浮いたドーナツみたいに容易《たやす》くひっくり返され、声だけを聞いていた男の顔が間近から見下ろしてくる。

「やっぱ由和さんの顔見ながらしたい」

その整った顔立ちに、魅入ってしまうのは倉林のほうだ。いつも温度の低い、表情の薄い凛生の眸は艶《つや》やかに濡れ光っていた。さらりとした髪は湿りを帯《お》び、情欲に突き動かされる体が熱い。

「顔なんて……もう見飽きてる、だろ」

「飽きないよ。俺、気になるものは、いくらでも覚えたいから。初めてキスした日のことだって、全部覚えてるって言ったでしょ」

「だからっ、そんなの忘れろよ……ていうか、頼むから忘れてくれ」

火照《ほて》る顔を両手で覆った倉林は、情けない声になる。

「忘れない。由和さんだって、最初に好きになった人のことは細かく覚えてるんじゃないの？」

「最初って……」

「今、誰思い出したの？　あいつ？」

「違うよ」

「へえ、もっと前があるんだ」

「そうじゃなくて……あっ、ちょっとっ……」

抱え広げられた両足の間に、凛生が入ってくる。腰を宛がわれただけで、ぴったりと嵌《は》まるピースの見つかったジグソーパズルのように、屹立《きつりつ》は倉林の中へと侵入してきた。

「あぁっ……まっ……」

「何人？　ぶっちゃけさ、俺の前に何人いるのか教えてよ」

それを言うべきでないことぐらい、理性の鈍った倉林にも判る。けれど、口を閉ざしたら閉ざしたで凜生が機嫌を損ねることも、また判っていた。

「……教えてくれないんだ？」

「ひ…ぁんっ……やぁ…っ……」

「俺はさ、由和さんにとって何番目でも覚えておくよ。てか、こんなの……忘れられるわけねえし」

「凜生……あっ、あっ……」

体の奥を突かれて、塞《ふさ》ぎきれない声が出る。眦の縁に集まっていた水分が粒となり、ぽろっと零れて涙になった。こんな顔、絶対忘れてほしいのに、注がれる熱っぽい眼差しは強くなる一方だ。

「……可愛いな、由和さん。セックスで泣いちゃうんだ」

「だめ、だから……そこもうっ、だめだって…っ……あぁ…ん……」

嵩《かさ》の張った先端をあの場所に宛がわれると、息もつけないほどに感じる。何度も行き交わされ、腰を入れて捏《こ》ねられて、音《ね》を上げるのに時間はかからなかった。

「も、やだ……許して、くれよ…っ……」

「……しょうがないじゃん、いちいち妬《や》けるんだもん」

泣き声を上げる倉林は、ぐずぐずと鼻まで鳴らしながら、作った拳《こぶし》で凜生の肩と胸の間辺りを叩いた。

そんな些細《ささい》なことで、こうも苛《いじ》められては身が持たない。そう言いたいのに、言葉にならなかった。息を喘がせ、子供みたいにしゃくり上げる倉林が言えたのは、ほんの短い言葉だけだ。

「………す…き」

「え……」

「おれがっ……好きなのは、おまえっ……だけ、だよ?」

それは短いけれど、大切な言葉。

もっと早くに、ちゃんと何度でも言葉にして伝えておくべきだった。

「由和さん……」

「あっ…んんっ……」

身を穿《うが》つ昂ぶりの勢いは、衰《おとろ》えるどころか増して強くなった。大きくて、熱くて、倉林を高みへ攫《さら》おうとする。

耳朶《じだ》にぴりっと走った小さな痛みは、凜生が嚙《か》みついて立てた歯だ。すぐに唇がやんわりと痛んだところを撫で、甘く狂おしい声が耳の奥へと吹き込まれる。

「なん…でっ、こんなときに言うかな……もっと欲しくなるに決まってんのにっ……」

「だってっ……あっ、りおっ……やだ、ってっ……そこ、あぁっ……あんっ」

「ああ……すご、キツ…っ……」

狭い最奥《さいおう》を開かれる衝撃。力を解《と》いて迎えようとするのに、反対に締めつけてしまう。

ぶつかり合う肌の音が一層《いっそう》身を焦《こ》がす。滑《ぬめ》りに助けられながら、何度も窄《すぼ》まった道を大きく割られ、羞恥《しゅうち》と快楽に隅々まで火照った体を倉林は上下に揺さぶった。

迫《せま》る射精感に声が震える。

「りおっ、あっ、りお…っ……」

「……俺だって」

「もう、だめ……もう、出そうっ……」

「俺だって、あんたが好きだよ」

凜生は照れくさそうに『もう何度も言ったけど』と付け加え、泣き喘ぐ倉林はもうなにも返せず、でも最初から最後までちゃんと心には届いていた。

好きって幸せだなと思う。単純だけど、単純だからこそ――恋は嬉しい。だからこそ、みんなそれを永遠にしたいと望む。

もしかしたら、この恋を永遠にできるんじゃないか。

ふと、そう思えた。未来なんて判らないし、熱に浮かされた錯覚《さっかく》かもしれない。でも、そんなふうに今思えたことが、倉林にとっては愛《いと》おしかった。

もう一度、そんな気持ちで誰かに向き合えたこと。

それが、凜生であること。

「……好きだよ。君がっ……大好きみたいだ」

背中に回した両腕に力を込めると、凜生も抱き返してきた。ぎゅっと縋《すが》りついて、自分の奥で一つになって。一緒にそこへ辿り着きたいと思ったら、凜生も考えることは同じだったようで、蓄《たくわ》えたものを解放したのはほぼ同時だった。

受けた熱が愛しくて、しがみついた倉林の体はしばらく弛緩《しかん》するのを拒《こば》んだ。


少しの間、うとうとした。

凜生が放してくれないものだから、セックスは二回のアンコールつき。若い奴の体力にはついていけない——なんて、アラサーどころか、完璧な中年オヤジのようなことを思いつつ意識を手放した。

けれど、仕事終わりとは違う心地のいい疲労感だった。

目を覚ますまでは。

「凜生、おまえ嘘ついただろ」

ベッドの上にへたりと腰を落とした倉林は、蒼《あお》ざめて放心《し》した声で言う。

今朝替えたばかりなのに、寝乱れたシーツ。恥ずかしい染みとか、それを作った経緯《けいい》とか。

目にすると一気に記憶が蘇《よみがえ》って居たたまれないものの、それらすべてを脇に追いやるほど呆然とさせられたのは枕元の黒い粉だ。

粉々になった、鉛筆彫刻のブレスレット。

「案外丈夫だって言ったじゃないか」

「『たぶん』とも言ったでしょ。あんなに激しく動かしてたら、そりゃあ千切れもするって」

まだ眠たげな凜生はのろのろと起き上がりながら、輪ゴムでもぷっつりいったみたいに事もなげに言う。口ぶりはまるで、切れた瞬間を知っているかのようだ。

けれど、追及はやめにした。どのタイミングだったにしても、状況説明をされてダメージを負《お》うのはきっと自分だ。

「ごめん、せっかく作ってくれたのに」

賢明にそれだけを告げたのに、凜生は痛打《つうだ》を浴びせてくる。

「いいよ。自分で踏んづけて粉砕《ふんさい》したこともあるから、やらかすのは慣れてるし。今日のは俺も共犯で……ってか、俺のほうが主犯？　あんなに揺さぶったら持たないのは判ってたし……由和さん、それじゃなくてもわけ判んなくなってたってのにさ。全然気づいてなくって、俺にしがみついてきたりもして……あれ、結構可愛かったけど」

言葉の痛みにのたうち回りたい。なのに倉林が実際にできたのは、身を置き物のように硬くさせることだけだった。

「あ、もしかして照れてます?」

あろうことか凜生はくすりと笑った。

「わ、笑いごとじゃないだろ。ちゃんと言ってくれればよかったんだ、切れたときに」

「言って元に戻せるものじゃないでしょ。それより、俺にはもっと大事なことがあったんで……」

「大事なこと?」

今笑った顔が、もう神妙《しんみょう》な顔をして近づいてくる。二人のベッドの上の距離は数十センチと離れていないから、裸のままの身が触れ合うのはすぐだ。

受け止めるか否《いな》か。迷ったりはしなかった。

軽く瞼を伏せる。唇と唇が重なりそうになった瞬間、邪魔が入った。

グーともギューともつかないブーイング音は、凜生の腹の虫だ。

「……なんだよもう、こんなときに」

自分の身から発せられた思わぬ邪魔に、凜生は似合わない情けない表情に変わり、倉林のほうが今度は笑う。お返しのようにひとしきり笑ってから、フォローして言った。

「俺も夕飯まだだから、お腹空《す》いたよ」

時刻はもう八時を回っている。

「あ、俺はハンバーガー食ったんだった。夕飯ってわけじゃないけど」

「はっ？　食べておいて、その腹の音なのか？」

「しょうがないすよ、育ち盛りのガキなんだもん」

「都合のいいときだけ、子どもぶるのやめろ。ていうか、もう育たなくていいだろ。どこまで身長伸ばす気だよ。そのうち横に伸びるようになっても知らないぞ」

倉林は呆れ声で言いつつも、腹の虫のリクエストに応えるべく続けた。

「うち今カップ麺《めん》しかないんだけど、せっかくだしなんか食べに行く？　そうだ凛生、家に電話したほうがいいんじゃ……あっ」

もっと頭に留めておくべき事柄があったのを今更思い出した。

「どうしたの？」

急に大きな声を上げたせいで、凛生がきょとんとしている。

腐《くさ》っても鯛《たい》、ベッドでイチャついた後であろうとも店長だ。

「おまえ仕事はっ？　今日、バイトのシフトだったんじゃないのか⁉」


いろいろと心臓に負担の大きい夜だ。

戸締まりをして家を出る倉林は、なんだかどっと疲れが出てしまった。

「恩は売っておくもんですね」

凛生のほうはのん気な口調で、気にした様子もなく、庭の木々の間に覗く夜空を見上げたりしている。

バイトは直前に電話をして野田《のだ》に代わってもらったらしい。以前、うっかりバイトのすっぽかしをして凜生に迷惑をかけた野田は、これで貸し借りなしにできると、引き受けてくれたという。

「でも、俺としては推奨《すいしょう》できないな。直前に大した理由もなくシフト代わるなんて」

キイと軋《きし》む門扉《もんぴ》を開けて路地に出ながら、倉林は言った。街灯の明かりだけが点るアスファルトの道はシンと静まり返っている。

国道沿いにあるレストランで、夕飯を食べようという話になった。『リンリン』からもそう遠くないけれど、この時間ならみんなバリバリと働いていてまず目撃されることはないはずだ。

隣を並んで歩き出した男は、やや声のトーンを落としつつも、譲《ゆず》れないとばかりに言った。

「俺には大した理由だったんですよ。由和さんと仲直りしたかったし、あいつが家にいるんじゃないかって気になったし」

「仲直りって……子供じゃないんだから」

「じゃあ、あのままでもよかったって?」

冷静にそこを突かれると、倉林も反論がしづらい。

「けど……現場が混乱しかねないし」

「バイトが一人代わって大混乱する現場って、『リンリン』のどこですか」

自棄になったように応えた。

「フロアだよ。フロアにいる、お客さん」

「え?」

「きっとがっかりしたんじゃないかな……君目当ての高校生の子たち。シフトだって、事前に知ろうと探りを入れてるみたいだから」

隣を歩く凜生を窺《うかが》う。反応は鈍く、何故か横顔は憮然としていた。

「まさか自覚ないわけじゃないんだろ?」

「なんか……学校とか、部活のこととか知ってるみたいだったけど」

「最近じゃ、君のファンのおかげで学生客が増えて繁盛《はんじょう》してるよ。まぁ客単価低いけど、店長としては喜ぶべきところっていうか」

「あれ……けど、俺のこと裏に戻しましたよね?」

籠《こも》りっ放《ぱな》しというわけではないけれど、フロアに余裕があるときは、仕上げに専念してもらっている。

矛盾《むじゅん》に気づいたらしい男は、長い首を星明かりの元で捻《ひね》った。客寄せにもなって、評判は上々。計算の上ではそうなるけれど、実際に倉林が起こした行動と言えば、まったくの逆だ。

「由和さん……もしかして、それで俺を裏に戻したわけ?」

倉林は無言になった。黙り込んだ頭上で星々が揺れる。

肯定するのは都合が悪い。そんな矛盾した行動を取る理由といったら限られてくる。目を合わせようとせず、無意識に倉林は足早になったが、やや遅れた凜生の声が背中に響いた。

「なんだ、由和さんも嫉妬してんじゃん」

「べつに嫉妬じゃない」

「そうならそうと、はっきり言ってくださいよ。俺だってちょっと引っかかってたんすからね」

「だから違うってば！　君はほら、器用だし、仕上げのほうがカウンターより好きみたいだし、適材適所っていうか、店長としての采配《さいはい》で……」

急に背後が気になって、よせばいいのに振り返ると、案《あん》の定《じょう》「はいはい」という眼差しで見る凜生の顔はにやついていた。店長の面目《めんぼく》は丸潰《まるつぶ》れだ。

溜め息をつきつつも、不思議とすぐに気を取り直せた。冬の空気が肺を満たす。冷たいけれど心地よくて、胸に淀《よど》んでいたものがすべて洗い流されるみたいな空気だ。

溜め息の後には、無意識に深く深呼吸した。

頭上の煌《きら》めく星が、膨《ふく》らむ胸に合わせて軽く上下する。

「由和さん、俺はべつにモテてないと思うな。趣味は根暗だし、中身は自分で思ってた以上にガキだって判ったとこだし。俺って案外嫉妬深いんだ、うわぁ……みたいな？　余裕なさ過ぎてカッコ悪い」

『しかも、自分で気づいてないとかありえねぇし』と自虐的《じぎゃくてき》に続ける男に、倉林は少し笑って歩調を緩《ゆる》めた。

「みんな恋愛したらそうなんじゃないかな」

自然と言葉は口をついて出た。

「ふうん……そっか、みんなそうなんだ」

やけに素直な反応が返ってきて、倉林もつられて頷いた。

「うん、俺も思い出したとこ」

思いどおりにいかないこと。もどかしくて、ちょっと苦しくて、夜は一人でいることの寂しさを知る。けれど、そんな少しの不自由さも愛おしく感じられる瞬間がある。

なんでもないことを、すごい瞬間であるかのように記憶していられる。

「なぁ、夏になったらまた展望台に星を見に行こうか？」

住宅街を抜けて国道に出る間際、倉林は夜空を仰ぎながら言った。

小さな星が一つ流れた。

あとがき

砂原糖子

皆さま、こんにちは。はじめましての方がいらっしゃいましたら、初めまして。

いつものことながら、何故《なぜ》ドーナツ屋さんの話を書こうと思ったのか、まるで思い出せずにいます。年々ひどくなる鳥頭《とりあたま》ぶり。

ドーナツ！　あまり縁《えん》がなくて何年も食べていなかったのですが、この作品を書いてからたまに食べるようになりました。よく行く某《ぼう》カフェで、リピートしたいフードが少なすぎ、選択肢にシュガードーナツを加えたこともあります。ふかふかのイーストドーナツ、なんだか懐《なつ》かしいし、改めて食べると美味《おい》しいですね！

ドーナツの理由は忘れてしまいましたが、高校生を書きたかったのは覚えています。

高校生↓バイト↓ドーナツ屋さんに発展したのかな。私も遥《はる》か昔の学生時代はバイトをいろいろやっていまして、実は女子大生バイトの田丸《たまる》のヘアゴムエピソードは自分がやらかしたことです。まだ当時高校生だったのが言い訳になるのか判りませんが、普通の輪ゴムで結ぶという発想がなく、「店長、鬼か！」と思いました。

そんな私も今は、家で普通のゴムで結んでます。余裕があるときは、子供向けヘアゴム（イチゴやウサギみたいなのがついてるやつ）で結ぶのが仕事中の癒《いや》しなんですけど、余裕がなくなるとなりふりかまわずその辺にある輪ゴム……外すとき若干《じゃっかん》痛い！　私も店長の気持ちの判《わか》る大人になりました。大人になるってしょっぱいね。

　そして、大昔の恥を切り売りしても後書きが一ページしか埋《う》まらない哀しみ。あまり自分のことは語りたくないのに！『九州の片田舎《かたいなか》で猫を愛《め》でつつ優雅に小説を書いているミステリアスなBL作家』というイメージを守りたいのですが、なにぶん始まってもいないイメージなので、あんまり守る（生む？）必要もないかなと思ったり。いつも心揺れています。

　そもそも後書きって日記やエッセイじゃないのに何故自分ネタを!?　キャラの補足を後書きでやるのは反則だと思ったり、いやいや好きにやれよ！と思ったりこちらもいつも揺れるマインドです。

　凜生《りお》や珀虎《はくと》は今時をちょっとでも意識して、あえて変な名前にしました。キラキラネームランキングみたいなのを参考に。がしかし、ランキングはみんなキラキラしすぎてる！　読めないのは嫌なので、ある程度読めつつキラキラ……という、『光らない星』みたいな高望みをしてしまい、結局自分で唸《うな》りつつ名づけました。光らない星になってますでしょうか？

　二十九歳は作品によってはまだまだひよっこ扱いなのに、年下攻を引き当ててしまったばかりに倉林《くらばやし》はオジサン扱いです。

　でも二十九歳って、必要以上に年を取ったと思い込んでしまう年齢ですよね。三十路《みそじ》の節目《ふしめ》が迫《せま》ってますからね！　実際は全然若くて、「いや〜、最近若いときみたいな元気なくて」なんてぼやいても、先行きを考えると人生で一番元気なのは「今なのに、もったいない！」なわけですが。

そんなわけで、倉林には遠慮せず今後も凜生とイチャついて暮らしてほしいと思います。

そういえば、私は十数年前のデビューさせていただいた作品も年の差でした。でも、凜生とはキャラが違う！　単なる性格差も大きいんですけど、凜生は自分なりにイメージしたリアルタイム高校生ってことでしょうか。十年後はどうなっているのか怖いです。

イラストは宝井理人《たからいりひと》先生に描いていただきました。凜生が今時の高校生に化《ば》けることができたのは、宝井先生の瑞々《みずみず》しいイラストのおかげです。中身のくたびれている倉林店長も、外見はごらんのとおり素敵な大人の男性です。本人の思い込みで、本当は素敵な二十九歳なのです、ええ！　制服姿やソファのシーンのサービスショットに萌えまくりです。

宝井先生、素晴らしいイラストをありがとうございました。

この本にお力添えを下さった皆様、本当にありがとうございます。

星の綺麗な田舎町でひっそり育《はぐく》まれている普通の恋を目指して書きました。年の差はありの恋愛ですけど、楽しんでいただけていますと嬉しいです。

ご感想などありましたらお聞かせください。また次の本でお会いできますように！

2013年10月　　砂原糖子。

恋はドーナツの穴のように《こいはドーナツのあなのように》

この本を読んでのご意見、ご感想などをお寄せください。
砂原糖子先生・宝井理人先生へのはげましのおたよりもお待ちしております。
〒113-0024　東京都文京区西片2-19-18　新書館
[編集部へのご意見・ご感想] ディアプラス編集部「恋はドーナツの穴のように」係
[先生方へのおたより] ディアプラス編集部気付　○○先生

初　出
恋はドーナツの穴のように：小説DEAR+ 12年フユ号（Vol.44）
ハニーリングを一つ：書き下ろし

新書館ディアプラス文庫

著者：**砂原糖子** [すなはら・とうこ]
初版発行：**2013年11月25日**

発行所：**株式会社新書館**
[編集] 〒113-0024　東京都文京区西片2-19-18　電話(03)3811-2631
[営業] 〒174-0043　東京都板橋区坂下1-22-14　電話(03)5970-3840
[URL] http://www.shinshokan.co.jp/
印刷・製本：**図書印刷株式会社**

定価はカバーに表示してあります。乱丁・落丁本はお取替えいたします。
ISBN978-4-403-52335-9

ディアプラスBL小説大賞
作品大募集!!
年齢、性別、経験、プロ・アマ不問!

賞と賞金

大賞:30万円 +小説ディアプラス1年分
佳作:10万円 +小説ディアプラス1年分
奨励賞:3万円 +小説ディアプラス1年分
期待作:1万円 +小説ディアプラス1年分

＊トップ賞は必ず掲載!!
＊期待作以上のトップ賞受賞者には、担当編集がつき個別指導!!
＊第4次選考通過以上の希望者の方には、個別に評をお送りします。

内容

■キャラクターとストーリーが魅力的な、商業誌未発表のオリジナルBL小説。
■Hシーン必須。
■同人誌掲載作は販売・頒布を停止したもの、ネット発表作品は該当サイトから下ろしたもののみ、投稿可。なお応募作品の出版権、上映などの諸権利が生じた場合、その優先権は新書館が所持いたします。
■二重投稿、他者の権利を侵害する作品の投稿は固く禁じます。

ページ数

◆400字詰め原稿用紙換算で**120**枚以内(手書き原稿不可)。可能ならA4用紙を縦に使用し、20字×20行×2〜3段でタテ書き印字してください。原稿にはノンブル(通し番号)をふり、右上をひもなどでとじてください。なお、原稿には作品のストーリー概要を400字以内で必ず添付してください。
◆応募原稿は返却いたしません。必要な方はバックアップをとってください。

しめきり 年2回:1月31日/7月31日(当日消印有効)
発表 1月31日締め切り分……小説ディアプラス・ナツ号誌上(6月20日発売)
7月31日締め切り分……小説ディアプラス・フユ号誌上(12月20日発売)

あて先 〒113-0024 東京都文京区西片2-19-18
株式会社 新書館　ディアプラスBL小説大賞 係

※応募封筒の裏に【タイトル、ページ数、ペンネーム、住所、氏名、年齢、性別、電話番号、メールアドレス、連絡可能な時間帯、作品のテーマ、執筆日数、投稿歴、投稿動機、好きなBL小説家】を明記した紙を貼って送ってください。